나는 도서관에 수업 하러 간다.

-도서관 프리랜서의
책과 수업 이야기

나는 도서관에 수업 하러 간다.

지은이 황선희 책여울

발 행 2023년 02월 17일
펴낸이   한건희
펴낸곳   주식회사 부크크
출판사등록 2014.07.15.(제2014-16호)
주 소   서울특별시 금천구 가산디지털1로 119 SK트윈타워 A동 305호
전 화   1670-8316
이메일   info@bookk.co.kr

ISBN   979-11-410-1668-5

나는 도서관에
수업 하러 간다.

황선희 책여울 지음

BOOKK✐

도서관에서 만난
모두에게

도서관 프리랜서의 책과 수업 이야기

한 번뿐인 인생에 어울리는 나만의 색깔을 갖고 싶었습니다. 별다른 소질도 없고 책 읽는 것 하나로 인생을 걷다 보니 여기까지 오는 시간이 오래 걸렸습니다. 저는 공공 도서관에서 이십 년 이상 독서 수업을 했습니다. 초등학생은 물론 청소년, 군인, 교사, 학부모까지 폭넓은 연령을 대상으로 수업을 했습니다. 도서관 수업을 하며 느꼈던 경험담을 글로 정리하고 싶어 틈날 때마다 노트에 썼습니다. 도서관 수업에 바친 제 시간을 정리하고 싶었고 무엇보다 이 일이 저한테 힘이 되었듯 경력이 단절되어 새로운 길을 모색하는 분들에게 삶의 힌트를 줄 수 있을 거라 믿으며 글을 모았습니다.

수업하는 틈틈이 글을 썼지만 책 완성은 쉽지 않았어요. 만족스럽지 못하더라도 계속 글을 쓰자고 스스로 격려하며 저를 보여주는 키워드 책, 도서관 수업, 도서관 프리랜서의 시골 생활에 대해 썼습니다. 이런 글을 모아 놓고 보니 오랜 시간 각기 다른 마음으로 써 놓은 글들을 과연 책으로 낼 수 있을까 망설여지기도 해 한동안 책 만들기를 미뤄놓은 적도 있었습니다. 이런 삐뚤빼뚤한 글을 보면서 보르헤스*)를 떠올렸어요. 보르헤스는 자신의 첫 책이 맘에 안 들어 모조리 찾아서 버리려고 했다지요. 세계적인 작가도 그렇군요! 보르헤스 씨 덕분에 완벽하지 않아도 용기를 낼 수 있었습니다. 불완전한 완성이라도 매듭을 짓기 위해 노력하는 것, 프리랜서인 제 인생 색깔에 제법 어울리는 선택 같았습니다.

책을 읽고 생각하며 다음 수업에 이 책을 어떻게 소개할까 노트에 정리합니다. 이 일이 바로 제가 할 줄 아는 일이거든요. 그 일을 한결같이 했습니다. 이런 끈기가 오늘의 저를 만들었습니다. 책을 읽기만 한 게 아니라 그 책을 수업에 어떻게 활용할까 고민하는 속에는 커다란 에너지가 있었습니다. 이런 시간들이 언제나 행복했던 건 아니지만 대부분 만족스러웠어요. 책 속에 있을 때 평온했고 두려움도 사라졌습니다. 그래서 자주 도서관에 갔고 결국 20년 이상 도서관에서 독서 수업을 하며 살았습니다. 도서관 수업하며 사는 삶이 신기했고 맘에도 들었습니다. 무엇보다 도서관 분위기가 좋았습니다. 도서관에서 만난 사서선생님들 특히 남진현 사서 선생님과 열정적인 시간을 보냈습니다. 새로운 수업 기획하고 다양한 수업 만들면서 쌓인 추억들을 돌아보니 새삼 뭉클합니다.

도서관에 오신 분들과 여러 가지 수업을 했고 그 책임감이 저

---

*) 호르헤 루이스 보르헤스는 젊어서 출간한 어떤 책 하나를 심하게 부끄러워한 나머지 도서관마다 찾아다니며 그 책을 대출한 후 없애버렸다고 한다. 김영하/ 읽다/ p.120에서

를 성장시켰습니다. 많은 금액은 아니지만 돈도 벌 수 있었습니다. 오랜 시간을 연구하며 만들어낸 소중한 세월을 가슴에 품은 사람으로 이 이야기를 누군가에게 하고픈 소망을 간직하고 있었고 그런 시간들이 모여 책 한 권이 만들어졌습니다. 이런 소소한 이야기를 듣고 싶어 하는 분들이 계실 겁니다. '나도 책을 좋아하는데 수업을 할 수 있다고?' 솔깃하지 않을까요? 특히 아이를 키우시는 부모님들이 읽어보시면 좋겠습니다. 책 이야기가 많이 들어 있거든요. 99%는 제가 완독 한 책을 얘기하고 있으니 어느 책이든 믿고 보셔도 될 겁니다. 어린이 책 활용 방법도 소개되어 있답니다.

제 핸드폰에 저장된 연락처가 몇 천 개가 넘습니다. 대부분 수업에서 만난 학습자들이지요. 종강 후 연락하는 분은 몇 분 안 됩니다. 그래도 연락처를 지우지 않는 이유는 그 분들과의 시간들이 소중했기 때문입니다. 많은 사랑과 응원 덕분에 이렇게 오랜 시간 수업을 할 수 있었습니다. 별이 빛나는 시간들이었습니다.

그럼, 이제부터 도서관 프리랜서의 이야기보따리를 풀어보겠습니다.

차례

3.나는 왜 이 일을 하는가?

4.도서관 프리랜서의 시골에서 책 읽기

1.모든 일은 도서관에서 시작되었다.

신화 같은 것은 필요하지 않다.

빈털터리였다. 두 아이 키우다 고개를 들어보니 세상이 바뀌어 있었다. 어떻게 내 인생 2막을 만들어갈까? 고민 끝에 찾아낸 인생 계획 3종 세트는 이랬다. 날개를 달기 위해 운전면허 따기, 컴퓨터 배우기(참고로 1997년의 이야기다.), 마지막으로 상담공부였다. 왜 상담이었냐면 친구들이 너는 사람들 얘기 잘 들어주니까 상담 같은 거 하면 잘할 거라고 했기 때문이다. 상담 같은 게 뭘까 고민하다 청소년 상담센터에서 교육을 받기로 했다.

그때나 지금이나 실행력은 뛰어나 운전면허도 일사천리 등록하고 시험 봐서 1종 보통 운전면허증을 얻었다. 시작 느낌은 좋았는데 면허증 있다고 베스트 드라이버 되는 건 아닌지라 운전 굴욕담은 여기서는 비밀로 하겠다. 하지만 운전을 배운 건 정말 잘한 일이다.

운전을 어찌어찌 배우고 마침 집 근처 우체국에서 컴퓨터 교육을 무료로 진행한다고 해서 등록했는데 컴퓨터 사용이 일반화될 때라 배우겠다는 사람이 수두룩했다. 몇 달 기다려서 컴퓨터 교육을 들었는데 한컴타자 치는 거 어찌나 연습시키는지 이것도 힘들었고 MS-DOS 교육은 열심히 들었지만 뭘 배웠는지 기억도 없다. 단축키 어쩌고 저쩌고 했던 거 같은데 '별 거 없군!'이라는 결론을 내리고 컴퓨터 교육은 막을 내렸다. 가끔 만만하게 생각하는 것도 괜찮다. 덕분에 한글 작업이나 파워 포인트 작업은 겁 없이 터득했다. 독학으로 이 정도면 어디냐, 호기롭게 마구 만들었다.

그리고 상담교육은 재미있었지만 배울수록 이 일을 잘할 자신이 없어졌다. 집에 오면 이상하게 자꾸 상담 내용이 떠오르고 기분이 울적했다. 아쉬운 마음도 있었지만 더 깊이 파고들 엄두가 나지 않았다. 공감의 중요성과 사람을 어떻게 대해야 하는지 힌트를 얻었으니 다행이라며 상담 공부도 접었다. 운전은 서툴렀고 컴퓨터는 자꾸 멈춰서 껐다 켜길 반복했고 상담 공부는 막을 내렸으니 3종 세트 결과는 신통치 못했다. 하지만 참 이상한 건 배우면 배울수록 새로운 배움에 대한 욕망이 샘솟는다는 거였다.

엄마에게 물려받은 재봉틀이 있어서 문화센터 재봉반에 접수를 했고 딱 일주일 만에 이건 내 길이 아님을 알았다.(난 끈기가 없는 걸까!) 재봉틀 앞에 앉아 있으면 자꾸 화가 났다. 정말 이렇게도 못할까? 재봉도 머리와 센스가 있어야 한다. 드르륵 박고 나면 엉뚱한 곳에 박음질 한 걸 그제야 깨닫고 다시 뜯어내길 반복하며 손바닥만 한 도시락 가방 하나 만들면서 온갖 스트레스를 다 받았다. 완성하면 기쁠 줄 알았는데 더 화가 났다. 이럴 바엔 사는 게 낫지!! 지금도 그 도시락 가방은 버리지 못하고 갖고 있긴 하다. 평생 이런 걸 만들 일은 없으니까 내 박물관에 유물로 남기자는 심산이다.

 그러던 어느 날(알뜰 주부였지만 신문은 구독했던 나는) 신문 기사에서 독서지도 교육에 대해 읽게 됐다. 운전, 컴퓨터, 상담, 재봉까지는 제대로 못 했지만 책 읽는 건 자신 있었다. 그래 바로 이거다! 역시 실행력만큼은 뛰어나 순천향대 평생교육원과 천안 YWCA 여성인력개발센터라는 고루한 이름의 기관에 등록을 했다.

 책 읽는 건 진짜 자신 있어 갔는데 어쩌면 그리 똑똑한 사람들이 많은지, 그들에게 감탄하는 동시에 나에 대한 절망에 자존감이 뚝 떨어졌다. 다행히 액션만이 살 길임을 알고 있던 나는 그들에게 뒤처지기 싫어 매번 맨 앞자리에 앉아 수업을 들었고 읽으라는 책 다 읽고 제출하라는 글은 모조리 다 썼다. 지금까지 했던 어떤 공부보다 재미있었고 빛이 보였다.

 천안 YWCA 여성인력개발센터에서 공부하고 몇 년 후 그 강좌의 담당 선생님이 되어 독서지도 자격증 반을 성공적으로 이끌었다는 역사가 나에게 남아있다. 세상이 나를 알아 봐 준, 나에겐 나름 큰 사건이었다. 조지프 캠벨은 <신화의 힘>에서 "모두가 그저 각자 몫의 삶만 산다면 신화 같은 것은 필요하지 않을 것이다"라고 했는데 그 말이 무슨 뜻인지 내 몫의 삶을 살고 보니 알 것 같았다.

도서관은 정말 멋지다. 왜냐하면...

천안 YWCA 여성인력개발센터 독서 자격증 반을 맡으면서 도서관에 열성적으로 다녀야 했다. 수업 준비를 위해 읽어야 할 책이 너무나 많았기에 수업 이후의 시간은 도서관 서가에서 책을 찾고 공부하기 바빴다. 기특하게도 이때의 시간들이 너무 알찼다. 독서에 필요한 공부를 위해서라면 전국 어디든 달려가서 배워왔다. 그러나 나를 가장 발전시킨 건 도서관에서의 책들! 바로 그 책들이었다.

도서관으로 향한 내 발걸음은 행운이었다. 채사장 님 <열한 계단>이란 책에 도서관에 대한 글이 있다. 수없이 도서관을 드나들며 나도 이런 생각을 했었고 이 문장을 읽으며 공감의 밑줄을 쳤다.

도서관이 더 많고 좋아졌으면 한다. 책은 더 많아지고 자리는 더 쾌적해지고 밥은 더 저렴해졌으면 좋겠다. 왜냐하면 그곳에는

무엇인가를 시작하는 사람들이 모이기 때문이다. 세상의 지혜를 앞에 두고 침묵 속에서 내면으로 침잠해 가는 그들의 용기를 사회가 보호해 주었으면 좋겠다. 도서관이 있다는 건 위안이 된다. 세상과 내가 빠르게 변해가는 동안에도 도서관은 변하지 않고 언제나 나를 맞을 준비를 하고 있으니. 익숙한 고요와 책 냄새.

-채사장 <열한 계단> p.330에서

　이십 년 전 나는 저 문장 속의 그처럼 무엇인가를 도모하며 도서관으로 향했었다. 언제나 그렇듯 책 읽기엔 묘한 힘이 있고 조금씩 마음에 에너지가 생기기 시작했다. 바로 그때 나를 눈여겨보았던 시선들이 있었고 그렇게 시작된 도서관의 인연이 오늘까지 이어지고 있다. 두 아이를 키우며 대학원을 다니고 도서관 프리랜서로 수업을 했던 이야기의 시작이 이러하다. 한 번쯤 꼭 정리해 보리라 다짐했던 일, 나처럼 길을 찾으려 골목길을 헤매고 계신다면 아주 조금은 용기를 얻으실 수 있는 이야기일 거다.

　도서관에서 책을 찾고 빌려와서 열심히 읽고 노트 정리 하는 일은 삶의 기본 값이 되었다. 가장 기본적인 이 일은 내 통장을 화수분처럼 만들어주기도 했지만 사실 더 큰 건 나를 좀 더 괜찮은 사람으로 만들어줬다는 데 있다. 책 읽기는 좀 더 의미 있는 선택을 하도록 도와줬다. 삶의 단계마다 필요한 지혜를 책 속 루소에게서 스토너*)에게서 얻을 수 있었다. 삶의 길목에서 어려움을 만나더라도 자기 연민이나 절망에 빠지지 말고 다시 시작하라는 그들의 충고를 내 마음속에 단정한 아포리즘으로 간직하며 살 수 있었다. 그 어떤 것과도 바꿀 수 없는, 하나하나 또박

---

*)존 윌리엄스 <스토너>. RHK출판

또박 읽어낸 책, 책들! 다시 한번 생이 주어진다 해도 놓칠 수 없는 기쁨은 바로 책 읽는 기쁨이라고 주저 없이 말할 수 있다.

이 글의 중심이야기는 아무래도 내 젊음을 바친 책과 수업에 대한 이야기일 것이다. 일 년 대부분의 시간을 도서관에서 보냈다. 독서 수업을 했고 나머지 시간은 열람실에서 책을 살피며 보냈다. 그리고 또 도서관 자문위원으로 활동하며 도서관의 다양한 사업에 조언도 했다. 이 글은 그 이야기들에 대한 것이다. 그 이야기 속에 내가 어떻게 도서관 독서 프로그램을 계획하고 운영했는지가 가장 크게 들어 있을 것이며, 나와 우리 가족, 그리고 도서관에서 만난 인연에 대한 회상이 곁가지를 칠 것이다. 내 나날들의 소소한 에피소드를 글로 모아 나의 세계가 만들어졌다.

글 쓰는 일이 쉽지 않았지만 오래전 써 놓은 노트를 펼쳐보며 웃기도 하고 울기도 하며 글을 모았다. 노트 속 메모가 절대 웃기거나 슬픈 게 아닌데 나는 그 시간과 공간을 잘 알고 있고 그 속에 지금보다 훨씬 젊었던 내 모습을 오늘의 내가 바라보는 게 기쁘면서도 마음이 이상했다. 시간 날 때마다 책상에 앉아 추억하며 내 에피소드를 모으는 시간이 고통스러우면서도 사랑스러웠다. 갈 곳 없던 내가 도서관으로 발길을 향했고 수업할 기회를 얻은 건 행운이었다. 좋은 평가를 받은 수업도 있었고 폭삭 망한 수업도 있었다. 수업을 잘 마치면 가벼운 발걸음으로 돌아오지만 폭망 한 날은 무거울 수밖에 없었다. 그럴 때마다 좌절만 할 수 없지 않은가. 성공으로 가는 우수한 실패였다고 생각하며 다음 수업에 반면교사로 삼았다. 수업 제안이 들어오면 할까 말까 망설임이 있었지만 되도록 받아들였다. 왜 한다고 했을까 후회도 잠깐, 끝까지 최선을 다해 마무리했다. 재미도 있었고 성취감도 얻을 수 있었다. 더 잘하고 싶은 욕심도 생겼다. 도서관이라는 공간이 나를 그렇게 이끌었다. 이렇게 돌아보니 모든 시간들이 나름의 의미를 품고 있다. 참으로 신기한 경험들이었다.

어떻게 걸어야 그 곳에 도착할 수 있을까?

할 수 없는 일을 해낼 때가 아니라
할 수 있는 일을 매일할 때 우주는 우리를 돕는다.
-김연수 <지지 않는다는 말> p.199에서

어제는 도서관 이용자로, 오늘은 도서관 강연자로, 도서관은 매일 나를 반겨주었다. 그 속에서 만난 인연도 참 많다. 내 수업을 듣고 독서 수업을 하고 싶어 하시는 분들이 계시면 적극 응원해 드리고 도와드릴 방법을 찾았다. 하지만 내가 도와줄 방법이란 게 사실 그리 많지는 않았다. 방법을 모색하다 만든 게 독서지원 단이다. 나와 함께 어린이 책 공부를 하고 초등학교에 신청을 받아 독서수업을 진행할 수 있도록 독서지원단을 만들었다. 쉽게 말해 독서 선생님을 양성하는 프로그램이다. 두 곳 도서관에서 진행했는데 올해는 또 다른 도서관에서도 제안이 들어와 세 군데 도서관에서 독서지원단을 꾸릴 예정이다. 이런 독서 선생님 양성 프로그램은 현재 여러 도서관에서 진행되고 있으니 도서관 수업을 하고 싶거나 관심 있는 분들은 집 근처 도서관 홈페이지를 열어보시는 게 첫걸음이다.

 현재 진행하는 독서지원단 모임은 매주 1회 3시간씩 만나서 어린이 책 연구를 하고 수업에 사용할 책을 선정한다. 우리가 만나는 학년은 초등 2~4학년 어린이들이 대부분이다. 초등 2~4학년은 능동 독서가가 되느냐 마느냐 중요한 기로에 서 있는 시기다. 스스로 읽고 쓰는 게 어렵지 않을 때라 독서수업을 하기에 더없이 적절한 타이밍이다. 무엇보다 순수해서 책 읽기를 재미있게 받아들이고 잘 따르는 때이기도 하다.

 이 과정을 몇 학기 경험하면서 많은 분들이 독서선생님의 길로 들어서셨다. 신념이 남다른 분은 도서관과 학교, 다문화, 지역 아동센터 등 독서수업이 필요한 곳은 어디든 달려가 수업을 하시며 점점 자신의 영역을 넓히신다. 그런 모습 볼 때 나는 정말 행복하다. 내 옆에 나랑 함께 독서수업하며 삶을 살아내신 선생님이 몇몇 계시다. 서로 의지하며 오늘까지 왔다. 그분들과 고민하며 만든 독서 활동 자료가 제법 모여졌다. 그 중 안녕달 작가님의 <쓰레기통 요정>과 김성진 작가님의 <엄마 사용법>을 살펴보겠다.

안녕달 작가님의
<쓰레기통 요정> 독서 활동지

　책을 잘 읽어내는 어린이라면 굳이 독후 활동지가 필요 없다. 어린이가 재미있게 읽고 뿌듯하게 책을 덮었다면 성공이다. 그러나 너무 재미있는 영화를 한 편 보면 어떤가? 자꾸자꾸 영화 얘기를 하고 싶을 것이다. 어린이도 마찬가지다. 재미있는 책을 읽고 나면 말하고 싶고 그 기쁜 마음을 누군가와 얘기하고 싶어진다. 그럴 때 이 독후 활동지가 빛난다. 쓰레기통에 요정이라니 뭔가 이상하다. 가장 지저분한 곳에 오히려 희망이 있다는 아이러니. 어린이들에게도 이 조합은 궁금해서 일단 책을 펼치게 하는 힘이 있다.

▶안녕달 작가님에 대해 소개하고 작가님의 여러 책을 알려준다. 안녕달 작가님, 필명도 예쁘고 책은 모두 명작이다. 이렇게 소개받은 책은 도서관 서가에 가면 필시 눈에 띌 것이고 어느새 책을 꺼내고 있을 것이다. 물론 페이지를 빨리 펼치고 싶은 마음이

간절하겠지! 마트에서 먹고 싶은 과자를 계산할 때 같은 마음이 이 순간 들 것이다. 이런 경험을 어린이들이 많이 했으면 좋겠다.

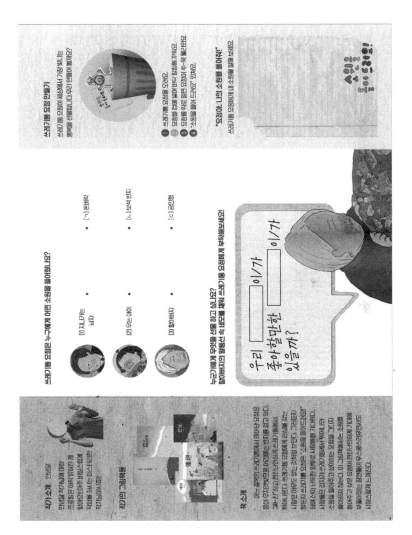

▶책 줄거리를 함께 요약해보는 것도 중요하다. 어린이들은 해맑게 의견을 잘 표현하면서도 끝말은 흐리는 경향이 있다. 그래도 잘 들어보자. 줄거리 말하는 걸 어려워하면 중요 등장인물을 회상하게 한다. 우리 활동지를 보면 쓰레기통 요정은 누구에게 어떤 소원을 들어줬는지 화살표를 치게 했다. 이 활동지는 어린이를 테스트할 목적이 전혀 없다. 어린이가 이 책을 오래오래 추억할 수 있게 도와주는 게 첫 번째 목적이라 쉽고 재미있다. 아이들의 해맑은 의견을 끝까지 경청하는 어른이 되는 것, 좋은 독서 선생님의 최고 덕목이다.

쓰레기통 요정은 누구에게 어떤 소원을 들어줬나요?

(1) 지나가는
    남자   •   • [ㄱ] 돈벼락

(2) 우는 아이   •   • [ㄴ] 보석 반지

(3) 할아버지   •   • [ㄷ] 곰인형

▶할머니(거동이 불편하고 치매 걸린 듯한 모습. 그림만으로 이 모든 걸 표현하는 작가님들 대단하시다.)께 무언가를 선물하고 싶은 할아버지에게 쓰레기통 요정은 자신의 분신과도 같은 반지를 기꺼이 빼서 드린다. 쓰레기통 요정처럼 어린이들은 자기가 갖고 있는 모든 걸 털어 엄마아빠를 기쁘게 해 드리려 노력하는 존재들이다. 어린 날을 돌아보고 우리 아이들이 어떻게 엄마를 사랑했나 추억하면 눈물이 날 지경이다. 초등학생이었던 우리아이들은 엄마 생일이라고 둘이 갖고 있는 돈을 모두 모아 소리 맑은 차임벨을 사 왔다. 엄마가 좋아할 그 얼굴 떠올리며 골랐을 마음이 진짜 너무 고맙다.

숨은 그림 찾기 그림에서 **[보기]** 안에 있는 단어에 동그라미를 표시해보세요

[보기]

초록색 색종이로 만든 학

노랑 레고블럭

반짝이는 보석 반지

신문지로 만든 종이배

쫙 펼쳐진 굴껍질

진노랑 크레파스

줄무늬가 들어간 생일 초

▶<쓰레기통 요정>이라는 제목답게 책표지는 온갖 쓰레기로 덮여있다. 하지만 쓰레기로 보이지 않고 모두 사랑스럽게만 보인다. 어떻게 보느냐가 참 중요하다. 활동지에는 그 표지를 어린이들이 오래 들여다보기를 바라며 숨은 그림 찾기를 넣어 놨다. 이 부분은 우리 독서지원단 황인자 선생님의 의견이셨는데 진짜 너무 좋은 아이디어였다. 초록색 색종이로 만든 학, 노란 레고 블록 등 책 표지만 자세히 봐도 이 책이 얼마나 사랑스러운지 느껴진다. 책 표지를 직접 보면서 찾으면 훨씬 재미있다.

쓰레기통 요정 만들기

쓰레기통 요정이 세상에서 가장 빛나는 행복을 선물합니다. 우리 만들어 볼까요?

① 쓰레기통 요정을 오려요.
② 요정을 컵에 넣어 바닥 칼집에 끼워요.
③ 요정을 위로 밀면 요정이 쑤-욱 올라와요.
④ "소원을 들어 드려요" 외쳐요.

"요정아. 나의 소원을 들어줘!"

▶<쓰레기통 요정>을 출판한 <책 읽는 곰> 출판사*)를 칭찬한다. 훌륭한 어린이 책을 출판하고 그 책에 대한 자료도 열심히 올려놓기 때문이다. 그동안 어린이 책 출판사에 유감이 많았다. 책만 출간했지 그 책에 대한 활용지침서를 모으는 데는 지나치게 인색했기 때문이다. 다행히 요즘은 어린이 책 출판사 홈페이지에 도서 활용방법이 업데이트되고는 있지만 아직도 멀었다. 그나마 <책 읽는 곰> 출판사에서는 신경을 쓰려고 하니 출판사 홈페이지에 자주 들어가서 도움을 받고 있다. 쓰레기통 요정에 대해 올라온 자료는 <쓰레기통 요정 만들기 인쇄 자료>다. 우리 활동지에도 이 자료를 소개해서 어린이들 수업에 잘 사용했고 덕분에 아이들 웃음소리 드높았다.

책을 다 읽고 활동자료까지 다 했다면 책 별점을 생각해 본다. 어떤 이유로 별을 줬는지 어린이 평론가가 되어 보는 거다. 이렇게 일 년에 30권 이상 제대로 책 읽은 어린이는 성장할 것임을 의심하지 않는다.

---

*)책 읽는 곰 홈페이지 메뉴 →도서관 지원→책놀이책 검색하면 다양한 활동 자료를 무료로 다운 받으실 수 있어요.

김성진 작가님 동화 <엄마사용법>

현수한테 엄마가 배달됐어. 텔레비전 광고에 나오는 생명장난감
엄마 말이야. 행복한 가정을 만들어 준다고 해서 잔뜩
기대했는데 엄마는 집안일 말고는 아무것도 몰라. 그래서 현수는
엄마한테 어떻게 해야 진짜 엄마가 되는지 가르쳐주기로 했어.
심부름도 시키고 야단도 치고 같이 구름도 보는 엄마, 안아 주고
사랑한다고 말해 주는 '진짜 엄마'가 되는 방법을!
-<엄마 사용법> 책표지 글 중에서

김성진 작가님의 동화 <엄마 사용법>은 엄마 없이 아빠랑 살고
있는 현수가 엄마 장난감을 사게 되면서 일어나는 이야기다. 어
른이 읽어도 충분히 많은 걸 느낄 수 있는 좋은 책이다. <작가
님에 대해 소개>를 하고 작가님의 다른 책도 소개한다. 이렇게만
해도 도서관 서가에 가면 <엄마 사용법>이 보이고 김성진 작가
님 책을 찾는 어린이들이 늘어날 거다.

나 자신감을 키워주는 이야기

예) 나, 가족, 우리반, 친구 등등 사용법

어떤 속담이 어울릴까요...

1. 친구가 선생님께 혼나고 난 후(P.84참고)

2. 지갑에서 고릴라를 만난 부분(P.84참고)

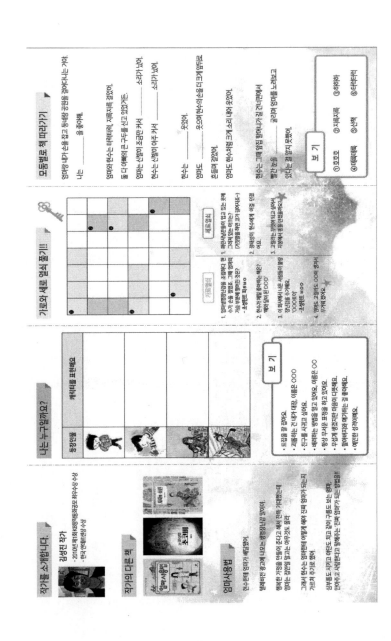

모둠별로 책 따라가기

엄마랑 내가 손을 잡고 동네방 공원을 걸어다니는 거야.
나는 _____ 을 좋아해.
엄마와 현수는 타박타박, 저벅저벅 걸었어.
둘 다 아빠의 큰 구름을 신고 있었거든.
엄마는 신발이 조금만 커서 _____ 소리가 났어.
현수는 신발이 아주 커서 _____ 소리가 났어.
현수는 _____ 웃었어.
엄마도 _____ 웃었어.
웃으며 현수의 손을 더 크게 잡느라
엄마도 현수처럼 소리 내며 웃었어.
현수는 그제서야 엄마가 길 건너편에서
_____ 굴러 엄마를 노려보고
있는 걸 알지 못했어.

보기
①오조조 ②저벅저벅 ③씨익
④데굴데굴 ⑤선뜻 ⑥타박타박

가로와 세로 열쇠 풀기!!

가로열쇠
1. 엄마에게있는걸 표현해다 한 엄마의 수가 손을 잡았고, 그때 엄마의 가는 예쁘게 웃어났다 걸? - 초성힌트 ㅍㅅㅇ
2. 현수가 제일 좋아하는 책은? 책이름이 엄마OOO
3. 이 책에서 나는 사람들의 발은 장난감을 수리에요, 'OOO돼지'

세로열쇠
1. 태양(새)동물이 없고 있는 운해 그대 있는 매하는? 거짓말을 해서 코가 길어져요~
2. 현수의 현수에게 이런 단원이에요.
3. 그림하는 구멍이 되고 싶어서 자동에서 좋종 연필들에요.
4. 엄마도 그림이 좋아요. OOO 생겨서 무게게 있었어.

나는 누구일까요?

등장인물	캐릭터를 표현해요

보기
· 트집을 잘 잡아요.
· 괴팍하는 건 내가 대장, 이름은 OOO
· 친구를 사귀고 싶어요.
· 베다하는 방법을 알고 있어요, 이름은 OO
· 항상 무서운 표정을 하고 있어요.
· 무섭게 생겼지만 마음이 다뜻해요.
· 엄마에게서 얘기하는 걸 좋아해요.
· 예민한 성격이에요.

작가를 소개합니다.

김성진 작가
- 2010년 제1회 창작동화공모전 최우수상 수상
- 현재 번역가로써 수상

작가의 다른 책

엄마사용법

현수에게 엄마가 생겼어.
엄마라면 꿈꾸면서 나오는 생명이지만 말이야.
엄부보면 가슴을 만들어 준다고 해서 갖다줬는데
엄마는 엄마일 알고도 아무것도 몰라
그래서 현수는 엄마에게 어떻게 해야 진짜 엄마가 되는지
가르쳐 주기로 했어.
삼부름도 시키고 치고 길이 같이 가듬도 보는 인데,
엄마수고 사랑한다고 말해주는 진짜 엄마가 되는 방법들!

이 책을 3주 전에 학교에 다섯 권씩 배포해서 돌려 읽을 수 있게 도와주시라 담임선생님께 안내 공지를 보낸 상태다. 어린이들은 이미 책 내용을 알고 있지만 읽고 돌아서면 까먹는 거 당연하여 책 이야기를 나누기 전에 인상적인 페이지나 중심 내용이 담긴 페이지를 함께 낭독한다. 책을 1인 1권 갖고 있지 않아서 수업에 필요한 내용들은 파워 포인트로 작업을 미리 한 후 전자칠판에 띄워 함께 본다.

어린이들과의 낭독은 참으로 행복하다. 나는 수업 시작과 끝에 낭독하기를 자주 하는데 어린이들도 자신이 읽는 소리에 빠지며 노래 부르듯 같은 마음으로 책 속에 들어가는 기분을 느끼곤 한다. 동심지언 기취여란 (同心之言 其臭如蘭). 서로 한 마음이 되어하는 말은 그 향기가 난초 같다는 말이 이것이리라. 그럼 이제 활동지를 자세히 살펴보겠다.

1.<중요 등장인물>에 대해 알고 있는 정보를 말해본다. 책을 넘기며 정보를 찾아도 좋다. 혹시 정보 찾기 어려운 친구들에게는 힌트를 친절하게 달아 놨다. 어린이들을 테스트할 목적이 아니라 선생님과 이 책을 회상하며 책에 대한 추억을 쌓는 게 주목적이다. 이렇게 등장인물에 대해 회상하다 보면 책 전체에 대한 이해와 줄거리를 잡을 수 있다.

나는 누구일까요?

등장인물	캐릭터를 표현해요

보 기

- 트집을 잘 잡아요.
- 괴롭히는 건 내가 대장, 이름은 ○○○
- 친구를 사귀고 싶어요.
- 배려하는 방법을 알고 있어요, 이름은 ○○
- 항상 무서운 표정을 하고 있어요.
- 무섭게 생겼지만 마음이 다뜻해요.
- 할아버지와 얘기하는 걸 좋아해요.
- 예민한 성격이예요.

동화 속 가장 매력적인 인물을 만나는 것은 책 읽기가 허락한 축복일 것이다. 등장인물이 어떤 지점에서 성장을 했는지 그 순간을 찾아보는 것도 흥미진진하며 동시에 작가가 말하고자 하는 바를 곰곰 생각해 보는 것은 책 읽기 과정의 백미라 할 수 있다.

2.<책 속 중요 단어를 모아서 낱말 퍼즐>을 만들어 책 게임을 하는 것도 즐거운 활동이다.

가로와 세로 열쇠 풀기!!

가로열쇠

1. 엄마생명장난감을 조립하다 현수가 손을 찔렸죠. 그때 엄마의 가슴 부분에 떨어진 것은?
   - 초성힌트 ㅍㅎㅂㅇ

2. 현수가 제일 좋아하는 책은?
   '해와 달이 된 ○○○'

3. 이 회사에서 나온 사람들이 불량 장난감을 수거해요.
   '○○○토이'
   -초성힌트 ㅂㅇㅇ

4. 엄마도 고릴라도 ○○이 생겨서 무거워 졌어요. ★

세로열쇠

1. 파란사냥꾼들이 입고 있는 옷에 그려져 있는 마크는?
   (거짓말을 하면 코가 길어지죠~)

2. 정태성이 현수에게 이걸 던졌어요.

3. 고릴라는 무엇이 되고 싶어서 지붕에서 똥을 던졌을까요? ★

3.<속담 찾기>도 해 보았다. <엄마 사용법> 속 어떤 문장은 지혜로운 우리 속담과 뜻을 같이 하는 게 많다. 문장을 주고 비슷한 뜻을 가진 속담을 찾아보는 활동을 해봤는데 이 아이디어는 다른 책 활동지에도 응용해서 사용하면 좋겠다.

어떤 속담이 어울릴까요...

1. 현수가 선생님께 혼나고 난 후(P.84참고)

오늘 현수는 학교에서 선생님에게 혼났어. 정태성 때문이었어. 다른 때 같으면 정태성이 놀려도 어쩔 수 없이 참았을 꺼야. 그런데 오늘은 자기도 모르게 덤벼들었어. 정태성이 또 엄마가 불량장난감이라고 놀렸거든.

●●●●●

2. 지붕에서 고릴라를 만난 부분(P.94참고)

고릴라는 정태성이 자기 물건을 던지는 걸 사랑해주는 걸로 알았던거야. 그래서 친구를 사귀려고 똥을 던진 거였어. 태어나서 본거라곤 주인이 자기한테 물건을 던지는 것뿐이잖아.

●●●●●

가. 지렁이도 밟으면 꿈틀한다.
 - 순하고 좋은 사람이라도 너무 업신여기면 가만 있지 아니한다는 말

나. 콩심은데 콩나고 팥심은데 팥난다 / 뿌린대로 거둔다
 - 모든 일은 근본에 따라 거기에 걸맞은 결과가 나타난다.

다. 동에 번쩍, 서에 번쩍한다.
 - 정처가 없고 종적을 걷잡을 수 없을 만큼 왔다 갔다 함.

4.<나만의 사용법>을 완성하기. 어린이들에게 나를 알고 친구를 진지하게 바라보는 시간을 갖자고 말해준다. 자기다움이 무엇인지 아는 어린이는 훨씬 당당하게 세상 속으로 걸어갈 것이다. 그 자기다움을 찾는 길은 여러 방법이 있지만 그중 가장 확실한 길은 책 읽기에 있다. 읽고 생각한 모든 것이 모여 내가 되기 때문이다. 이 동화를 통해 나를 살펴본다. 좋아하는 것, 싫어하는 것, 행복할 순간 등을 생각해 본다. 쓰기 싫으면 안 써도 되지만 어린이들은 분위기가 잡히면 저절로 연필을 들고 또박또박 글을 쓴다. 마법이 걸리는 순간이 종종 있다.

나 사용법을 완성해보아요 　　예) 나, 가족, 우리반, 친구 등등 사용법

1.이름 2. 나이 3. 좋아하는 것 4. 싫어하는 것 5.잘하는 것 6.못하는 것 7. 특별한 점 8. 행복하게 만든 법 9. 사용시 주의사항

그동안 만든 활동지를 꺼내보니 떠오르는 얼굴, 감사한 얼굴들이 정말 많았다. 특히 마음 따뜻하고 지혜로우신 박서연 선생님, 이은영 선생님 너무 감사합니다.

모두의 삶이 다 다르듯

마음이 없으면 보아도 보이지 않고,
들어도 들리지 않는다.
心不在焉 視而不見 聽而不聞
(심부재언 시이불견 청이불문)
- 대학(大學)에서

이 십몇 년 전, 사서 선생님이 독서교실 프로그램 수업을 할 수 있냐는 뜻밖의 제안을 하셨다. 경력이 미천하니 요번 여름 독서 교실은 자원봉사로 진행해 주실 수 있냐는 거였다. 지금은 이런 일이 절대 일어날 수 없지만 그때는 도서관 독서프로그램이 거의 없었고 강사 채용 매뉴얼도 딱히 없을 때라 가능했던 일이다.

그 제안을 받고 가슴이 뛰었다. 지금 생각하면 가슴까지 뛸 일인가 싶고 그런 수업이 뭔지도 모르면서 하겠다고 말한 건 무슨 용긴지 모르겠다. 복사기도 흔치 않던 시절이라 모든 수업 자료를 오리고 자르고 정말 열심히 준비했다. 책도 소개하고 간단한 책 만들기 방법도 알려주고 이렇게 만든 책에 이솝우화 뒷이야기를 창작해 보기로 했다. 참여 어린이가 제법 많았고 출석률은 너무 좋았다. 아이들이 두 시간 내내 집중해서 참여했고 자기가 만들고 쓴 작은 책을 얼마나 소중하게 들고 갔는지 그 모습은 생각만 해도 흐뭇하다. 개미와 베짱이 뒷이야기를 쓴 현규는 개미집 창고에 몰래 들어가 맛있는 음식을 잔뜩 훔쳐 와서 신나게 파티를 했다. 개미는 베짱이를 의심했지만 증거가 없었다. 그래서 CCTV를 창고에 설치해서 베짱이가 감옥에 갇힌다는 이야기였다. 아이들의 기발한 뒷이야기 퍼레이드가 너무 재미있었는데 집으로 모두 보내서 남은 게 없다. 현규는 지금 30대 중반쯤 되었겠다!

수업을 하면서 스스로 인지하지 못했던 나를 발견했고 도서관 수업을 더 해 보고 싶은 마음이 생기기 시작했다. 이 에피소드를 수업에 말씀드리면 당시 경력사항이 어떠했는지 물어보시며 본인도 그런 일을 할 수 있을까 가늠하신다. 그때 나는 4년제 대학을 졸업한 거, 대학교 평생교육원에서 논술교육을 받은 거 외에는 이력서에 쓸 게 없었다. 결론적으로 제일 중요했던 건 도서관 열혈 이용자였다는 점이다. 그럼 지금 공공도서관에서 수업하고 싶으시다면 어떻게 할까? 우선 도서관 홈페이지를 자주 들어가야 한다. 특히 1~2월과 7월에는 수업하고 싶은 강의를 제안하는 <강좌제안> 기간이 있다. 이런 것도 받아질까 미리 걱정하지 마시고 일단 넣어보는 거다. 기존에 도서관에서 했던 프로그램을 참고하면서, 그동안 갈고닦은 분야의 수업을 양식에 맞춰 작성하면 된다. 채택되지 않더라도 내 분야를 이런 기회에 정리해 보면 그만큼 성장할 수 있고 다음을 기약할 수 있는 토대가 될 수 있다.

내가 잘할 수 있는 일, 좋아하는 일은 오래 할 수 있다. 힘들지

만 오래오래 걸을 수 있는 동력이 나온다. 그렇게 독서 수업을
하고 얻은 강사료로 대학원 공부도 하고 우리 가정 경제에 많은
기여도 할 수 있었다. 그 돈으로 여행도 가고 사람 노릇도 할 수
있었다. 모두의 삶이 다 다르듯 나처럼 사는 삶도 있다.

무수히 많은 비밀이 보석처럼

리처드 도킨스는 <이기적 유전자> 서문에 어떤 일을 해야 하나 고민하는 사람들에게 도킨스 자신이 평생을 바친 동물학 분야를 공부하라 권했다. 자신이 공부하는 분야를 무척이나 사랑했던 거 같다. 그럼 나는 내 일을 권할 수 있을까? 도서관 수업을 20년 이나 했는데 그때 관장님이셨던 분들 중 대부분은 정년퇴임을 하셨고 사서선생님들도 승진을 하셨지만 나는 그대로 도서관 프리랜서 강사다. 그런 까닭에 이 일을 오래 하시는 분들이 많지 않다. 4대 보험도 없고 시간당 강사료도 10년에 한 번 오를까 말까 암울하다. 그런데도 나는 이 일이 좋다. 돈 때문에 하기 싫은 일을 하며 삶을 채우고 싶지는 않았다. 앞으로 얼마나 오래 이 일을 할 수 있을지 모르겠지만 이 일을 하는 동안은 행복할 거 같다. 제일 좋았던 건 수불석권 하며 책을 사랑하는 삶이 되었다는 점이다. 그래서 어제보다 발전할 수 있는 내일을 스스로 열었다. 큰 욕심 안 부리면 아이들 돌보면서 얼마든지 영역을 넓히며 생활할 수 있다. 봄여름가을만 일하고 겨울은 여유롭게 색다른 시간을 보낼 수 있다는 점도 추천 이유다. 모든 걸 다 얻을 수 없다는 게 세상의 상식이다. 정규직의 출근은 하기 싫으면서 고수익을 바라는 건 욕심이다. 나는 주어진 범위 안에서 프리랜서의 삶에 적응했다. 오늘도 도서관 구석진 자리에서 '이렇게 사는 것도 괜찮다...' 아Q처럼 정신승리 중이다.

무심히 듣던 음악 선율을 자세히 듣고 그 음악이 나온 에피소드를 알게 되면 더욱 애정이 깊어지고 사랑하게 된다. 음악 하나 알게 된 것만으로도 가슴 벅찬데 매일, 시간과 마음을 들여 책 읽는 삶을 살게 되는 것만으로도 이 일은 훌륭하다. 분명한 건 배움 속에는 무수히 많은 비밀이 보석처럼 들어있다는 거다.

도서관 프리랜서요?

"무슨 일 하세요?" 이 질문에 답하기가 늘 어려웠다. 도서관에서 수업한다 얘기하면 사서인 줄 알고 오해하기 때문이다. 도서관에서 수업하는 일은 나에게는 명확하지만 남들에게는 모호할 수밖에 없다. 오죽하면 우리 친정 식구들도 내가 뭘 하는지 정확하게 모르신다. 아이쿠! 지금부터 도서관 프리랜서(내 직업을 이렇게 말하겠다.)의 먹고사는 얘기를 해야겠다.

도서관에서는 매 학기 독서 프로그램을 운영하는데 각 프로그램마다 선생님을 모집한다. 도서관 홈페이지 공지사항에 강사 모집 안내와 필요한 서류를 다운로드 받아 제출하면 된다. 독서 수업을 하기 위해서는 교사 자격증이나 독서 관련 자격증이 있어야 한다. 사실 독서 관련 자격증에 유감이 많다. 독서 관련 자격증은 민간단체 자격증이다. 국가 자격증이 아니라 여러 단체에서 소정의 과정만 온라인이든 오프라인이든 들으면 된다. 시험을 보는 경우도 있는데 대부분 요식행위다. 결국 자격증 발급비 명목으로 수수료를 내야 얻을 수 있는 것이다. 그래서 나는 이러저러한 민간자격증 실상에 화가 난다. 더 문제인 건 그 자격증이 있어야 채용에 유리하다는 거다. 그러니 어쩌겠는가! 돈 주고 자격증을 받을 수밖에 없다. 국가 자격증이 없는 분야는 경력을 보고 채용했으면 좋겠다. 봉사로 했든 강사료를 받고 했든 경력 사항을 채용 기준으로 할 수 있지 않을까 싶다.

 현재까지는 불합리하지만 독서 관련 자격증이 있어야 한다. 내 경우 대학원에서 독서교육을 전공했고 그래서 졸업할 때 받은 독서지도 자격증이 있다. 대학원에서 독서 교육을 전공한 게 무엇보다 든든한 이력이 됐다. 그리고 대학 다닐 때 받은 교사자격증도 있다. 이런 자격증을 소지했다면 이력서에 꼭 써야 한다. 독서 관련 수업을 했던 경력들을 꼼꼼하게 모아놓는 것도 중요하다. 요즘은 단기간 수업이라도 계약서를 쓰기 때문에 후에 증명 자료로 모두 쓸 수 있다. 물론 평생교육종합정보 시스템에 수업 이력이 남아 있기도 하지만 전체가 상세히 남아있는 건 아니니까 내 이력은 내가 잘 챙겨놔야 한다. 글쓰기 관련 수상이나 평생교육 관련 수상 실적도 유리한 점수를 받을 수 있다. 앞에서 말했듯 강의 제안 기간에 계획서를 제출하면 채용될 확률이 확 높아진다.

 그럼 이렇게 해서 얼마나 돈을 벌 수 있을까? 이 기준도 도서관마다 다르다. 보통 시간당 6만 원에 한 시간 초과될 때마다 3만 원씩 늘어나고 교통비가 지급된다. 도서관 수업은 1회 2시간을 하는 경우가 많다. 그리고 내 경우에는 마음만 먹으면 매일매일 수업을 꽉 채워 할 수도 있겠지만 체력이 허락되지 않고 주제와 대상이 각기 다른 수업을 준비하는 일도 쉽지 않다. 독서수업은 늘 새로운 책들이 쏟아지는 분야라 한 번 만들어 놓은 수업 자료를 계속 쓸 수도 없다. 이렇게 따지면 '턱없이 부족한 돈이 손에 들어오는 군'하며 실망할 수도 있겠다. 하지만 내 생각은 다르다. 이 일은 단순 노동이 아니다. 수업을 준비하면서 거창하게 말하면 자아의 신화를 이룰 수 있는 일이다. 매일 조금씩 발전한다. 수업을 준비하면서 그리고 수업하면서 스킬이 늘고 여러 사람을 대하며 성장한다. 그뿐이 아니다. 내가 주야장천 책을 읽으니 우리 집 아이들에게 독서환경이 저절로 조성됐다. 특별히 별다른 노력을 기울이지 않았음에도 책을 읽는 아이로 성장할 수 있었다. 수업 시간에만 나가서 일하다 보니 엄마인 나는 정말 바빴지만 아이들에게 엄마 자리를 지킬 수 있었던 것도 큰 혜택이었다.

도서관 수업에 관심 있다면 일단 집 근처 도서관에 자주 갔으면 좋겠다. 도서관 회원 가입하고 도서관 책도 열심히 빌리고 맘에 드는 수업도 들어보시길 권한다. 도서관마다 독서 동아리가 있는데 참가해 보시는 것도 좋겠다. 도서관 작가초청이나 북 콘서트 같은 행사에도 아이들과 참가하면서 도서관 사서 선생님들과 얼굴도 익히면 그 공간이 좋아지고 그 기운으로 어느 날 수업을 하고 있는 나를 보게 될 것이다. 실제 그렇게 도서관을 열심히 다니다 보면 도서관 운영위원회에 들어오셔서 조언을 달라는 제안을 받을 수도 있다. 얼마든지 일어날 수 있는 일이다. 도서관에서는 훌륭한 독서 선생님을 오늘도 기다리고 있다.

책 여울

내 색깔로 독서 수업을 거침없이 해 나갔고 그 소문은 꼬리를 물고 퍼져나갔다. 천안YWCA, 아산도서관, 천안의 각 도서관, 학교 등에서 수업 의뢰가 들어왔고 새벽까지 수업 준비하다 쓰러져 잠드는 시간들이 반복됐다. 내 눈엔 모든 게 독서 수업 자료였다. 밥 먹으며 보는 뉴스에서, 저녁준비를 하는 주방까지 책과 연관된 갖가지 생각들이 수업 재료로 사용되었다. 수강생과 소통하고 수업 자료를 정리하기 위해 2004년 인터넷 Daum 카페에 써니책여울을 개설했다.(지금도 다음카페 검색하면 나온다.) 여울! 폭이 좁아 물살이 세차게 흐르는 곳으로 생태계의 보고란다. '책여울'이라고 내가 지어놓고 참 멋진 이름이야 만족해했다. 나중에 알았는데 정여울 작가님이 계시더라. 다행히 내가 카페 만들었을 땐 아직 등단하지 않으셨다. 비슷한 이름이라 그런지 정여울 작가님한테 맘이 간다. 헤르만헤세를 좋아하시는 것도 나랑 같으시더라. 나도 도서관에서 책의 여울 역할을 하고 싶었다. 인터넷 닉네임에 써니책여울, 물빛써니책여울도서관, 황선희책여울의 이름을 사용하며 지금도 책 이야기를 하고 있다.

  도서관 수업은 학교 수업과 다르다. 학생들은 학교나 학원 일정
이 우선인지라 도서관 수업은 모든 순위에서 밀려 자칫 출석률
이 낮을 수 있다. 그래서 친구들과 금방 친해지고 도서관 수업
시간을 특별하게 만드는 방법을 고민했다. 무엇보다 수업 첫 시
간에 학습자 이름을 모두 외우려고 노력했다. 출석을 부르며 자
리 위치를 적고 첫 시간은 단체 사진을 찍어서 이름을 익혀놓는
다. 카카오톡에 단톡방을 만들어 수업 후에도 늘 문자를 주고받
으며 이름을 외우고 때론, 소리 내 불러보기도 한다. 도서관 수
업을 기다리고 달려올 수 있게 만드는 건 이런 애정에서 얻을
수 있다. 친해져야 그때 비로소 술술 얘기할 수 있고 스스로 글
을 쓰는 기적도 일어난다. 내가 할 수 있는 가장 따뜻한 격려를
늘 고민하며 책의 여울 역할을 앞으로도 계속 실천할 거다.

스스로 발전하기를 꿈꿨다.

낭만통장! 한 달 들어오는 강사료에서 매달 10만 원씩은 낭만통장(내가 그렇게 부르기로 했다^^)에 저금했다. 그 돈으로 터키도 다녀왔고 앙코르와트, 체코 프라하, 오스트리아 등등을 여행했다. 혼자 떠나는 걸 즐긴다. 늘 사람들에 둘러싸여 있던 나에게 혼자 떠나는 여행은 꿀맛이다. 엄밀히 혼자 떠난 여행은 아니었다. 패키지여행이기 때문에 가이드가 데려다주는 대로 가면 됐다. 정말 이상한 건 호텔 방을 혼자 쓰려고 예약해 놔도 꼭 룸메이트가 생긴다는 거다. 모르는 사람과 열흘 이상 방을 쓰다니 생각하면 웃음이 나오는데 그때 나는 부캐(부차 캐릭터)로 포장한다. 수줍음 많고 말이 없는 캐릭터로 말이다. 이제서 부캐가 유행인데 난 이미 오래전 나의 부캐(부차 캐릭터)를 만들었던 사람이다.

여행의 수많은 즐거움 가운데 하나를 꼽으라면 호텔에서의 아침 식사다. 일찍 식당에 가서 가장 전망이 좋은 자리에 앉아 호텔 조식을 즐긴다. 빵도 커피도 디저트도 다 좋은데 진짜 좋은

건 은은한 음악이 흐르는 그 공간에 앉아서 여유로운 아침을 보
낸다는 사실이다. 크리스마스 기간에 캄보디아 씨엠립에서 보낸
것도 좋았고 터키 이스탄불 라마다 호텔 9층에서 러시아워로 붐
비는 거리를 물끄러미 바라보며 창가에 앉아 있던 시간도 낭만
통장에서 얻은 거다.

-튀르키예(터키) 파묵칼레에서 2016.12

오래전 <아빠 어디 가> 라는 MBC 예능 프로그램을 본 적이 있
다. 한참 시청률 고공행진이 이뤄졌는데 재미는 물론이고 육아에
동참하는 아빠 모습이 참 멋졌다. 프로그램이 거듭되면서 참가한
아빠와 아이는 점점 서로를 이해했고 특히 아빠들의 성장이 인
상적이었다. 누구도 가르쳐주지 않았던 육아 교육에 대한 스킬이
좋아지는 게 한눈에 보였다. 출연자의 성장까지 이끈 <아빠 어디
가>는 호평을 받을만 했다. 나도 도서관 수업 진행하면서 스스로

발전하기를 꿈꿨다. 늘 했던 수업 말고 새로운 수업을 제안했고 처음 기획된 수업들은 어떻게 진행시켜야 참여자도 발전하고 강사의 발전까지 도모할까 고민했다. 군인들 상대의 <병영도서관> 수업이나 고등학생을 대상으로 한 <조정래 아리랑 읽기>, <슬로 리딩으로 온책 읽기> 그리고 코로나시대에 zoom 수업도 누구보다 먼저 시도하며 실패와 성공을 맛봤다. 수업에 소개하는 책도 되도록 전에 사용하지 않았던 도서로 진행하려 했고 그래서 나는 꾸준히 책을 읽을 수밖에 없었다. 영역을 가리지 않고 읽은 책 읽기 결과 어린이부터 중 고등학생, 군인, 교사, 엄마, 아빠까지 세대를 가리지 않고 만나며 수업할 수 있었다.

좌절의 순간을 딛고 일어서는 포인트

운전하다 라디오를 켜니 박하선의 씨네타운이 흘러나왔다. 다른 채널은 뭐 하나 누르려던 순간 김보통 작가님이 출연한다는 멘트! 그렇담 들어야지. 나는 김보통 작가님을 좋아한다. 그의 웹툰과 에세이집을 읽어본 게 다지만 내가 김보통 작가님을 좋아한 특별한 이유는 이렇다.

다니던 회사를 대책 없이 때려치우고(이 표현이 적절하다.) 브라우니나 만들어 팔아볼까 기웃거리던 그였다. 그랬던 그는 우연히 가입한 트위터에서 각양각색 이야기와 프로필 사진을 보며 감동을 얻게 되고 태블릿으로 프로필 속 인물들을 그리기 시작했다. 중학교 이후 처음 그린 그림이었단다. 300장 이상 프로필 사진을 그려가던 중 웹툰 <송곳>의 최규석 작가님 추천을 받게 된다. 그 후 김보통 작가님은 웹툰 작품을 열심히 연재하셨고 얼마 전 디피(D.P)로 흥행 작가의 반열에 오르게 됐다. 덜 싫어하는 일에 '보통'의 마음을 담아 필명도 김보통이란다. 나는 김보통 작가님이 만든 이모티콘도 가지고 있고 인스타그램 친구 사이다. 이렇게 유명해지면 대체로 친구 신청을 해도 받아주지 않는데 작가님은 바로 맞팔을 해주셨다. 맞팔도 고맙지만 김보통 작가님 에피소드는 나에게 힘을 주었다. 좌절의 순간을 딛고 일어서는 포인트를 늘 궁금해했던 나에게 힌트를 주신 분이 바로 김보통 작가님이다. 불현듯 그냥 좋아서 하는 일이 있다. 김보통 작가님은 다른 사람 프로필 사진을 그리면서 오히려 자신의 내면과 많은 이야기를 나누셨을 거다. 그런 순간에 우리는 어제와 다른 얼굴을 갖게 된다.

황정은 작가님의 <디디의 우산>에는 이런 문장이 나온다. "죽음으로 향하던 무력한 한 인간은 어떻게 그 모든 자기혐오를 이기고 삶 쪽으로 방향을 트는가."*) 전축과 엠프와 스피커를 가져본 적 없던 d가 그 소리에 빠지며 새로운 세계를 마주하는 장면은 쿠쿠다스 같은 내 심장을 부셔놓기에 충분했다. '없음'을 어떻게 극복했는지, 그걸 보여주는 작은 사람들의 이야기는 하나하나 특별하고 신기해서 자꾸만 더 알고 싶어 진다. 그 이야기의 주인공이 되는 꿈을 나는 아직도 꾸고 있다.

---

*) 황정은. 디디의 우산 p.325

수업을 하며 쓴 봄의 일기

3.2
공기는 싸늘하지만 햇살이 곱다.
3월은 봄을 만들어내는 신비로운 달이다.
그 신비로움 때문인지 나뭇가지 사이로 들리는 새 떼의 요란함
마저도 싱그럽다.
책읽기 좋은 날이다.

3.4
거짓말처럼 겨울이 물러났다. 이러다 불현듯 눈도 오고 기온이
뚝 떨어지는 날도 오겠지만 결국 3월이 만들어내는 봄의 열망을
어쩌지 못할 것이다.
드디어 수업 시작이다.

3.6
햇살은 찬란했다. 수업 하나 했을 뿐인데 하루가 바빴다. 지금
이 순간까지 계속 무슨 일인가를 하고 또 했다. 이건 시간 관리
의 문제가 아니다. 집 안 일만 해도 일이 넘친다. 거기에 하고픈
일에 도서관 수업까지 있으니 정신없는 건 당연한 일. 애들 어렸
을 때는 어떻게 이 많은 일들을 해냈을까! 내일도 수업 하나 또
개강이다. 달려보자.

3.11
3월 공기가 달다. 포근포근하다. 마당에서 가지치기하고 낙엽 모
아 태웠다. 탁탁 타는 소리와 연기 피어오르는 모습은 보기만 해

도 평화롭다. 아무 일 없이 나른한 일요일 낮을 보낼 수 있음에 감사하다.

3.31
언제 행복할까? 책 읽으며 감동받을 때, 팟캐스트 들을 때, 무언가 끄적거리며 쓸 때다. 지금도 잠시 배유안 작가의 <초정리 편지> 꺼내 들었는데 잊혔던 페이지들이 하나둘 다시 떠오르며 환해졌다. 어린이 책이지만 필사를 부른다. 노트에 필사하며 읽는 맛이 얼마나 달콤한지 시간 가는 줄 몰라 내 도끼 자루는 다 썩었다.

4.2
성환 도서관 가는 길에 개나리가 흐드러지게 피어 있었다. 우리 집 마당에 자목련 백목련 활짝 핀 걸 생각하면 개나리 피는 거야 당연지사지만 본격적인 봄의 향연이 시작 되는구나 가슴이 두근거렸다. 봄날 노랗게 핀 개나리는 유독 눈에 띄고 사랑스럽다. 바라만 봐도 기분이 좋아지는 개나리꽃, 재주꾼이다.

4.11
사람 때문에 기쁘고 또 사람 때문에 괴롭다. 나는 이런 기분을 잊고 싶을 때 지대넓얕(지적 대화를 위한 넓고 얕은 지식 팟캐스트)을 듣는다. 오늘은 댓글도 달았다.

 "잘 지내시나요? 저는 힘들 때 1회를 듣게 돼요. 지금도 1회 듣고 있어요. 그럼 신기하게 힘을 얻어요.. 하지만 네 분의 패널이 그리운 건 어쩔 수 없네요."

4.18

낼 아침은 연정이 도시락을 두 개 준비하기로 했다. 같이 근무하
시는 분이 아이 셋을 돌보고 출근하느라 도시락을 잘 챙겨 오지
못한다는 얘길 들었다. 그제는 상한 반찬까지 싸 왔단다. 마음이
쓰여 내일은 그분 도시락까지 준비 하마 약속했다. 내일 아침은
분주할 거 같아 저녁에 재료 준비를 해 놨다. 받는 것도 좋지만
줄 수 있다는 건 참 뿌듯한 일이다.

4.25

다정한 햇살 때문인지 수업을 마치고 돌아오는 발걸음이 너무
가벼웠다. 잠시 마당 테이블에 앉아 빌려온 책 펼치고 있다. 청
각장애를 갖고 있는 라일라 작가님의 자전적 이야기 <나는 귀머
거리다>라는 웹툰인데 글에 매력이 넘쳤다. 솔직하고 밝은 고백
은 책을 덮을 수 없게 했다.

5.11

마당에 불두화 꽃이 한창이다. 불두화를 많이 봤지만 우리 불두
화처럼 예쁜 나무도 드물다. 오늘도 우리 마당에서 봄을 책임지
고 있다. 아름다운 봄봄! 이른 더위가 몰려올 거 같아 마음이 조
마조마하다. 충분히 봄을 느끼고 여름으로 넘어가고 싶은데 여름
이 성급한 건지 봄이 싱거운 건지 한낮은 벌써 덥다. 봄이 짧으
니 녀석을 달리 잡을 방법 없다. 많이 누려보자 봄의 혜택!

5.30

우리 집 울타리에 장미가 탐스럽게 꽃망울을 터트리고 있다. 외
로운 마을, 보는 이 없어 내 눈만 호사다. 장미 울타리 밑에 테
이블 놓고 감상하고 있다. 참 좋은 계절!

2.도서관 독서 프로그램 소개하기

고등학생과 함께
조정래 대하소설 아리랑 읽기

　고등학생을 대상으로 한 조정래 <아리랑> 읽기는 7년 동안 진행했던 프로그램이다. 매년 4월에 시작해서 11월 마지막 주까지 <아리랑> 12권을 완독 하는 수업이다. 책 읽기를 힘들어하는 고등학생들을 어떻게든 독려해서 중간에 포기하지 않도록 서로 이야기를 많이 했다. 바쁜 고등학생들을 도서관에 오게 해서 소설을 읽게 하는 게 말처럼 쉽지 않았지만 이 프로그램은 매년 인기리에 모집이 됐고 대부분 완독의 기쁨을 누리며 아이들의 성장을 이끌었다. 잘 마칠 수 있을까 고민하며 끝없이 수업 생각을 하게 만든 프로그램이었다.

　<아리랑 읽기>를 주관한 곳은 충남평생교육원으로 천안 시내에서 한참 떨어진 외곽에 위치해 있어 2시간 수업을 위해 2시간 이상 버스를 타고 다녀야 했다. 더구나 대한민국 고등학생들이 얼마나 바쁜가! 그 학생들과 조정래 <아리랑> 읽기를, 그것도 12권의 책을 완독 한다고? 그랬다. 분명 힘든 미션이었다.

▶진행내용(목적)

지금은 상황이 변했지만 10년 전만 해도 고등학교 교과과정에 한국사는 필수 과목이 아니었다. 그리고 우리나라 근현대사에 대해 제대로 기술돼 있던 책도 없었다. 심지어 교과서에도 왜곡된 사실들이 많았었다. (이덕일/ 한국사 그들이 숨긴 진실이란 책 참고) 그래서 근현대사를 재미있게 이해할 수 있는 방법을 모색하다 조정래 <아리랑> 읽기를 해보자는데 의견이 모여졌다. 문학으로 이해하는 한국사였다.

▶우려한 점.

첫 해 <아리랑 읽기>를 함께 했던 친구들과 책을 다 읽고 마음이 벅찼다. 그 바쁜 중에 이뤄 낸 완독의 감동도 컸지만 독립 운동가들의 고귀한 뜻이 제대로 받들어지지 않았다는 미안한 감정이 우리 모두를 슬프게 했다. 하지만 맘에 걸리는 게 있었다. 소설 중간중간 선정적인 표현들이 많은데 그 부분 읽을 때 어땠는지도 조심스럽게 물어봤다. 물론 처음엔 이상했는데 막상 책을 다 읽고 나니 선정적인 부분은 거짓말처럼 사라지고 송수익 선생님이나 지삼출 아저씨 같은 분들의 이야기만 가슴에 남는다고 했다. 나 역시 그랬는데 내 생각과 같다니 맘이 놓였다.

▶변화된 점

조선의 독립에 도움이 되리라 믿고 러시아 혁명을 도왔던 우리 독립군들이 이후 스탈린에게 배신을 당하고 시베리아 횡단열차에 실려 중앙아시아에 버려진 사건을 읽을 때 친구들은 정말 너무 힘들어했다. 그 열차에 타셔서 결국 돌아오지 못하신 홍범도 장군을 애도했다. 아이들 마음에 공감 능력이 생겼고 본인들의 삶에도 적용시키리라 눈빛이 빛났다. 아리랑 12권을 읽어낸 친구들이라 이후 어떤 책도 힘들지 않게 읽었고 학교 성적에도 긍정적인 효과가 나타났다.

▶독립기념관 감상문대회

아리랑 읽기를 하면서 몇 가지 이벤트를 진행했는데 그중 하나가 독립기념관 감상문 대회에 참여하는 것이다.(마침, 충남평생교육원 근처에 독립기념관이 있다.) 주로 여름방학을 이용해 독립기념관을 방문하고 감상문을 쓰게 했다. 확실히 아리랑 읽기를 하고 독립기념관 전시를 다시 보니 보이는 게 새로운 모양이다. 독립기념관 감상문대회에 대상 수상은 물론 고등학생부 은상 장려상 등 다수가 매년 상을 받았다. 물론 아이들의 자존감도 급상승하는 계기가 되었다.

▶중학생들에게 아리랑 소개하기

또 하나의 이벤트는 수업을 마치는 11월 초에 중학생 동생들에게 조정래 <아리랑>을 소개하는 시간을 갖는 거였다. 팀별로 주제를 선정하는데 <아리랑> 주요 등장인물이나 줄거리 소개 또는 근현대사의 중요한 사건들에 대해 파워 포인트 자료를 만들어 발표준비를 한다. 발표 준비는 언제나 힘이 들어 제대로 발표할 수 있을까 걱정되는데 막상 그 시간이 되면 준비한 내용을 의젓하게 발표해서 신기하고 기특했다.

▶소소한 혜택주기

친구들을 맞이하는 작은 꿀팁 중 하나가 간식을 준비해 놓는 거였다. 중학교 독서 동아리를 운영하신 백화연 선생님*) 말씀이 동아리 운영에 가장 신경 쓴 일은 간식 쟁여놓기라고 하셨다. 그 충고에 따라 풍성하진 않았지만 빵과 음료를 꼭 준비해 놓았다. 토요일 오후 4시가 되면 뱃속이 텅텅 빈 느낌이 들고 그럴 때 먹는 달달한 간식은 정말 꿀맛일 수밖에 없다.

그리고 학교 봉사 점수를 주기 위해 여러 방법을 찾았다. 도서관 서가 정리나 훼손된 책 복구하기, 도서관 실외 청소, 어린이 자료실에서 책 읽어주기 봉사 활동을 하고 봉사점수를 줬다. 그리고 일 년 동안 열심히 참여하고 완독한 친구들은 교육원 이름

---

*) 백화연 '책으로 크는 아이들'의 저자

으로 표창도 했다. 바쁘고 고단한 고등학생들과 일 년을 함께 하는 수업은 참으로 진행하기 어려웠지만 보람도 크고 나도 많은 걸 얻는 시간이었다.

 매주 토요일 오후 4시에서 6시까지 도서관에 모여 20세기 초반을 여행하는 기분이 들었다. 똑똑하고 예의바른 친구들과 함께 했던 시간들이 내 가슴에 가득 남아 있다. 지금 다시 이 수업을 하기는 여러 이유로 힘들 것 같다. 하지만 역사를 문학으로 알아가는 수업은 다시 해보고 싶다.

미래 자서전 쓰기

겨울은 새 학기에 어떤 수업을 진행할지 고민하고 계획을 세우는 시간이다. 책상 위도 복잡하고 머릿속도 어지러운 시간의 연속. 그때 기획한 수업이 <미래자서전 쓰기>다

□ 제목: 미래자서전 쓰기
□ 대상: 고등학생 (1-2학년) 15명
□ 기간: 4월~11월 중 20회
□ 수업방법: zoom 카톡, 네이버폼 활용
□ 수업을 듣는 친구들에게 주는 혜택
   : 문집발급, 봉사활동 기회 제공

고등학생들이 대학 입시를 준비할 때 애를 먹는 여러 가지 중 하나가 바로 자기소개서 쓰는 일이다. 자기소개서 쓰기가 뭐 어려울까 싶지만 실제 써보자 맘먹고 책상에 앉아본 사람은 이게 생각처럼 쉽지 않다는 걸 알게 된다. 그래서 고등학생 1,2학년을

대상으로 과거의 나를 돌아보고 현재 나는 어떠하며 그리고 미래를 어떻게 살아갈까 고민하고 글을 쓰는 시간을 갖는 계획을 세웠다. 참가를 신청한 친구들에게는 봉사활동을 도서관에서 할 수 있도록 도와주기도 하고 열심히 쓴 글을 문집으로 묶어 주기로 약속했다. 그렇게 15명의 고등학생이 모였는데 어디서 모이냐면 목요일 저녁 7시 30분에 zoom이라는 인터넷 공간에서 만나기로 했다. 코로나로 대면 수업도 어려웠지만 고등학생들인지라 시공간 제약이 없는 zoom에서의 만남이 안성맞춤이었다.

첫 수업에 열두 명이 들어왔고 나머지 세 명은 신청만 해놓고 연락도 받지를 않았다. 무료 수업의 폐해랄까. 아쉽지만 도서관에서 진행하는 대부분의 수업에 노쇼가 많이 일어난다. 아쉬운 대로 열두 명의 친구들과 매주 목요일 저녁 zoom에서 만나 50분은 내가 준비한 자료를 소개하고 나머지 50분은 각자의 글을 써서 카톡에 남기는 방식으로 시간을 나눴다. 당연한 말이겠지만 첫 시간 짧은 자기소개도 얼마나 어렵고 힘들어했는지 모른다. 하지만 이런 시간들이 거듭되고 다른 친구들 글을 보면서 발전할 수 있었다. 완성 글을 기다리는 선생님을 모른 척할 수 없는 성실한 친구들! 수업이 끝나도 기다릴 테니 오늘 중 보내달라는 말을 외면하지 못하고 대부분의 친구들은 어떻게든 완성해서 글을 보내왔다. 글을 완성하면 네이버 글자 수 세기에 들어가서 분량 체크를 하고 맞춤법 검사기 돌려 오타를 체크하도록 했다. 나는 글을 받아보고 글을 소리 내 읽어보며 수정할 부분을 체크해 둔다. 요게 무척 중요한데 어렵게 쓴 글인데 빨간 줄 쫙쫙 그어 이렇게 저렇게 고쳐라 말하는 건 예의가 아니다. 글 제출을 하면 일단 잘했다고 칭찬해준다. 특별히 어떤 문장이 좋다고 말해주는 정도로 마친다. 그리고 다음 수업에 전에 쓴 글 다시 읽어보고 수정할 시간을 준다. 그러면 훨씬 글이 단정해진다. 단체 카톡방에 잘 된 글은 공유한다. 이때 글 공유는 모든 친구들 글이 선정될 수 있도록 신경 써서 소외 받는 친구가 없도록 한다. 수업 초반엔 600자 완성을 목표로 했고 점점 글자 수를 늘렸는데 어렵지 않게 분량을 채웠다.

중간고사나 중요한 시험을 앞두고는 3주 전까지만 모이고 시험 끝나고 만나기를 반복했다. 3주씩 빠지고 다시 모이는 게 쉽지 않아 중간중간 카톡 단체 방에 안부 인사 전하고 시험 준비 잘하라는 등의 문자를 보내서 우리 모임에 대해 잊지 않고 다시 참여하도록 했다. 또한 고등학생들은 학원이나 과외 일정이 수시로 바뀌고 그 일정을 가장 중요하게 생각하는지라 목요일 저녁을 사수하는 게 힘들었다. 그래도 계속 이 수업을 1순위에 놓고 끝까지 약속을 지키자는 일종의 세뇌를 시키기도 했다. 하지만 이렇게 하지 않아도 아이들은 이 시간이 자기를 성장시킨다는 걸 알게 되면 빠지지 않고 참여를 하게 돼 있다. 아이들이 얼마나 열심히 참여했는지 놀라울 지경이다. 열두 명이 참여해서 열한 명이 끝까지 글을 제출해 문집을 발간할 수 있었다. 자신이 발전하고 있고 특별한 존재라는 자각을 할 수 있었던 기쁜 시간이었다.

진심을 다해 나를 관찰하고 그 평범함 속에서 무언가를 발견해 내지 못한다면 특별한 일은 오늘도 내일도 나에게 결코 일어나지 않을 거다. 우리 삶이 특별해지기를 원한다면 나의 오늘을 자세히 들여다보는 것이 우선이다. 우리 친구들은 매주 목요일 저녁 나와 만나 이러한 탐구를 계속했다. 매주 한 편의 글을 완성하면서 몇 개의 계절을 지나다 보니 어느새 어른이 되었다. 2021년 우리가 함께 걸은 이 탐구의 길을 친구들이 잊지 않길 소망한다. 본인의 꿈을 찾아 또다시 길을 떠나는 우리 친구들을 늘 응원하며 우리가 마지막 시간에 나눈 이야기를 기억하고 당당히 걸어가시길 빈다.

미래자서전 쓰기 참여 학생의 글 - 독서동아리를 마치며*)

"00야, 너 독서동아리 해볼래?" 나를 잘 챙겨주시는 담임선생님 권유로 청소년 독서동아리 <미래 자서전 쓰기>에 들어오게 되었다. 중학교 때는 책을 읽으며 눈물을 흘릴 정도로 감수성이 풍부했는데 고등학교 와서는 책만 보면 졸려서 담을 쌓으며 지내고 있던 터였다. 그래서 독서동아리에 들어올 때에도 책을 싫어하는 내가 잘할 수 있을까라는 생각을 먼저 했다. 하지만 선희 선생님과 하는 독서 동아리는 나를 완전히 변화시켰다. 선생님께서 처음 글을 써보자고 하셨을 때는 '아, 망했다.' 라고 생각했다. 내 글 실력이 꽝이라는 거는 누구보다도 내가 잘 알았고 내 글을 누가 읽는다는 것이 많이 부끄러웠기 때문이다. 하지만 이 독서동아리를 통해 나의 솔직한 감정을 글 속에 담을 수 있게 되었다. 독서동아리를 하기 전에는 내 감정을 적은 글을 쓰면 나의 비밀이 알려지는 것 같아 많이 부끄러웠던 거다. 하지만 선희 선생님은 내 글을 보시고 항상 칭찬해 주셨고 이런 칭찬을 받은 나는 부끄러움을 자신감으로 바꿔 나가기 시작했다.

다양한 주제에 대해 생각을 담은 글을 쓰는 것이 처음에는 많이 낯설고 어렵기만 했고 사실 지금도 그러하다. 그래도 독서동아리를 마치는 지금, 예전과 다르게 지레 겁먹지 않는다. 무언가에 대해 고민하더라도 일단 써보기 시작한다. 나는 아직 글 실력이 새싹 단계지만 앞으로 더욱 성장할 수 있는 일만 남았다고 생각한다. 항상 제 때 제출하지 못하고 고민고민한 내 글을 정성스럽게 읽어주신 선생님한테 감사하다는 인사를 남기며 독서동아리 미래자서전 쓰기 챕터의 막을 내린다. 어느 챕터까지 존재할지 모를 나의 인생 책에 이 독서동아리는 고등학생 000를 대표하는 챕터가 되지 않을까라고 생각한다.

---

*) 참여 학생의 동의하에 소개합니다.

강좌명	미래 자서전 쓰기	강사명	황선희
대 상	고등학생	강의 일시	매주 목요일 pm7:30
회차	강의 내용		
1	-수업 안내 및 읽어야 할 책 소개하기 / 나를 탐구하기: 자기소개 글쓰기		
2	-좋은 습관을 들이는 방법 김유진 변호사의 《나의 하루는 4시 30분에 시작된다.》		
3	-새로운 습관을 꾸준히 실행하기 위한 전략들에 대해 ♣수업을 통해 얻은 자극을 글로 담아내기		
4	-나의 멘토 책 찾기: 각자 찾아온 책 소개하기 ♣내가 좋아하는 것에 대하여		
5	-미국 대학 졸업생 전체에게 빌 게이츠가 선물한 책 《팩트풀니스》에서 찾은 세상 이야기		
6	-나를 둘러싼 세계에 대해 글로 정리하기 ♣나의 학교 생활 / 나만의 공부비법 등 글쓰기		
7	-《왓칭》 책 읽고 관찰효과에 대해 의견 나누고 글쓰기		
8	-《긴긴밤》 책 읽고 나의 긴긴밤은 무엇이었는지 글쓰기 → 어려움을 이겨내는 법		
9	-《난 빨강》 시 읽고 한줄 감상 글쓰기		
10	-내가 정말 원하는 삶에 대하여		
11	-다양한 직업 탐구하기		
12	-행복한 진로 배움터		
13	-대학 전공과 진로 탐색→ 앞으로 하고 싶은 공부에 대해 글쓰기		
14	-내 꿈이 이뤄지는 순간을 시각화시키고 글로 표현하기		
15	-나의 미래는 어떤 색깔일까?- 10문 10답		
16	-진로 장벽에 대처하는 자세-관련 영상 감상하기: 꿈꾸는 카메라		
17	-자기소개서 샘플 보고 벤치마킹하기-내 이야기 구상하기		
18	-자유도서 읽고 독후감 쓰기		
19	-내 이야기를 어떻게 만들까?- 20대 상상하기		
20	-수업 회상하고 변화된 내 모습에 대해 소감 글쓰기		

대안학교*) 독서수업

드림학교와 처음 인연을 맺은 건 2008년부터다. 충남학생교육문화원에서 지원받은 수업이었다. 천안에 살면서도 이런 학교가 있는 줄 몰랐다. 학교는 내가 늘 다녔던 길목에 있었다. 그런데도 전혀 몰랐다니! 어떤 친구들일까 무척 궁금했고 어떻게 수업을 준비해야 하나 고민도 컸다. 대학 입학을 준비하는 친구들 반을 맡아 달라 하셨지만 중학생 수준 정도에서 수업 계획을 짜 보았다. 북한을 탈출하며 책 읽을 시간이 제대로 없었으리라 짐작했기 때문이다. 지금은 충남교육청 정규교육 과정을 인정받고 있지만 그때까지만 해도 중·고등학교 과정 검정고시를 반드시 통과해야 했다. 내가 맡은 반은 대입을 준비하는 반이었다. 나이도 천차만별 십 대 중반에서 이십 대 중반까지 다양했다. 그중에는 북한에서 중국으로 넘어와서 잠시 체류 중에 결혼한 친구도 있었다. 자세한 개인사를 묻지 않았지만 책을 읽다 보면 자기 이야기를 불쑥하게 되고 그러면서 친구들 마음속을 들여다볼 수 있었고 서로 마음의 비밀을 공유하게 됐다. 대입 준비를 하는 친

---

*)드림학교. 새터민 친구들을 위해 설립된 우리나라 최초의 탈북학교로 천안에 위치해 있다.

구들이었지만 책을 완독해 본 경험도 많지 않고 제대로 책 읽기의 기쁨을 느껴본 친구도 거의 없었다. 대학에 가면 전공 책도 읽어야 하고 주관식 답도 써야 하는데 아이들 준비는 턱없이 안 돼 있었다. 남한에만 오면 행복할 줄 알았는데 이곳도 만만치 않은 곳임을 아이들은 이미 눈치 챈 것 같았다. 탈북자 출신인 걸 말하는 게 유리한지 아닌지 가늠할 줄 알고 그래서 좌절하는 친구들이 안쓰러웠다. 독서 능력을 키우는 것보다 마음속에 하나씩 갖고 있는 상처나 불안을 책으로 견뎌내는 법을 알려주고 싶었다.

토미 웅거러의 <곰 인형 오토>를 파워 포인트 자료로 만들어 보여줬다. 책표지 속 곰 인형 오토의 가슴에는 총알을 맞아 구멍이 뚫려있고 귀에는 잉크 자국이 파랗게 선명하다. 상처투성이 곰 인형 오토. 상처받을 땐 아프기만 한 일도 시간이 지나면 기적이 될 수도 있고 새로운 기회를 얻을 수 있다는 걸 책은 보여준다. 그림책이지만 많은 메타포를 담고 있다. 책을 감상한 아이들은 그림책은 유치원생들이 보는 유치한 책인 줄 알았는데 대단하다고 했다. 이제껏 책에 대한 어떤 추억도 없던 아이들은 점점 곰 인형 오토 속으로 시간 여행을 했다. 등장인물들이 온갖 일을 겪다가 아저씨가 되어 만나는 장면에 우리 친구들은 숙연해졌다. 자연스럽게 자신이 떠나온 곳을 떠올린다. "선생님, 북한의 별빛..." 한 친구가 여기까지만 말했는데 아이들이 모두 고개를 들어 교실 천정을 바라봤다. 나도 입술을 꾹 깨물었다.

수업이 끝나고 교실 책꽂이에 <곰 인형 오토> 책을 놓고 왔더니 일주일 동안 돌려보면서 다시 읽었다고 했다. 이 책을 시작으로 장자크 상페의 <얼굴 빨개지는 아이>, <자전거를 못 타는 아이>처럼 단점이 언제나 나쁘지 않다는 것, 그럼에도 삶을 재미있게 살 수 있다는 것을 깨닫게 했다. 작가가 여기저기 숨겨놓은 의도들을 함께 찾고 마음에 남는 장면을 각자 말로 표현해 보자 했다. 그리고 한 줄 문장으로 써 보자 했더니 어려워하면서도 메모해 나갔다. 이 책을 권하고 싶은 사람도 떠올려보고 100자 문자 쓰기도 했다. 이 책들은 수업 초반에 거의 빼놓지 않고 소개하고 함께 읽었던 책들이다. 그런데 독서 수업에서 늘 걸림돌이 바로 책 준비다. 성장소설을 같은 책으로 함께 읽고 싶은데 책은 딱 한 권뿐. 그래서 늘 단편소설이나 에세이, 시 등 비교적 짧은 글들을 선택해서 파워 포인트로 만들어 소개를 할 수밖에 없었다. 그러던 중 2017년 국립어린이청소년도서관 주최 학교 밖 친구들 지원사업 공모에 선정 됐다. 충남평생교육원 선생님과 고민했고 다행히 충남지역에서는 우리가 선정되었다. 사업 선정이 되면 다른 어떤 사업보다 지원을 확실하게 받을 수 있었다. 함께 읽을 책을 여러 권 구매할 수 있고 수업 준비물과 간식 지원까지 해 주니 수업을 진행하는 나는 정말 힘이 불끈 날 수밖에 없다. 그리고 읽은 책 중에 작가와의 만남도 계획되어 있었다.

북한에서 탈출해서 바로 우리나라로 들어오는 게 아니다. 그래서 공부할 시기를 놓치고 우리말도 서툴러서 짧은 글을 소리 내 읽는 것도 어려워했고 의미 파악은 더더욱 힘들어했다. 어느새 머리는 굵어져서 덩치는 크지만 초등생 독서 수준을 벗어나기 힘들었다. 이런 까닭에 늘 책 선정이 어려웠다. 그러는 중에 아이들 마음을 환하게 채워주는 책을 만났다. 바로 유은실 작가님의 <우리 동네 미자 씨>. 읽기가 서툴지만 사랑의 감정이 무엇인지 알고 있어 미자 씨의 짝사랑을 모두 눈물 나도록 응원했다. 이 책은 두 명이 한 권씩 갖고 슬로 리딩을 했다. 일명 아나운서 게임. 틀리지 않고 아나운서처럼 또박또박 읽는 건데 틀리는 순간 아웃이다. 이게 뭐라고 아이들 열심이다. 가장 많은 문장을 틀리지 않고 읽은 친구에게는 특별 간식을 준비해서 줬다. 처음에는 선생님인 내가 많은 부분을 읽어준다. 이야기 속으로 들어가기 위해서는 등장인물이 파악되어야 하고 어떤 공간에서 무슨 일이 벌어질 것인지 어느 정도 감이 잡혀야 그다음 페이지가 흥미진진해지고 이야기 세상으로 빨려 들어갈 수 있다. 그렇게 매시간 슬로리딩을 했는데 너무 놀라운 건 아이들 읽기 실력이 하루가 다르게 좋아지고 있다는 점이었다. 수업이 끝나면 책을 모두 걷어서 내가 가지고 왔다. 그러다 보니 드라마 보는 듯이 미자 씨와 부식차 아저씨의 사랑이 어찌 될까 기대 만발이 되었다. 그리고 드디어 책을 다 읽은 날, 누가 시킨 것도 아닌데 아이들이 박수를 쳤다. 자기들 인생 최고의 책이었단다. 그 순간 내 가슴도 벅차긴 마찬가지였다.

드림학교는 2023년 4월 개교 20주년을 맞이합니다.

수업을 하다보면 집중력이 현저히 떨어질 때가 있다. 그럴 때 젠가 게임을 한 타임 한다. 젠가 게임은 처음 해봤다며 나무토막을 하나씩 뺄 때마다 어찌나 긴장하는지 그 모습이 잊혀지지 않는다. 젠가 게임의 인기에 힘입어 다트게임도 준비해 갔다. 역시 인기 폭발. 젠가와 다트 덕분에 아이들 살살 구슬리며 글쓰기를 시킬 수 있었다.

그런데 이 수업을 2020년 하반기 그만두었다. 새로 유입되는 친구들이 예전과 달리 의욕도 부족하고 시도 때도 없이 들락날락 새 친구가 왔다가 어느 날 인사도 없이 떠나는 일이 반복됐다. 수업을 하고 돌아오는 발걸음이 무겁기만 했다. 처음 학교에

갔을 때는 선생님도 몇 분 되지 않았지만 이제는 교육청 지원을 받게 되어 굳이 내가 없어도 지장이 없을 거 같았다. 여기서 멈춰야겠다는 마음의 소리가 들렸고 그때 또 발목이 부러지는 사고가 나서 수업을 자연스럽게 접게 되었다. 지금도 가끔 학교 옆을 지날 때면 친구들이 잘 있는지 얼굴 떠올려본다. 우리 드림학교 친구들, 대학도 잘 갔고 독립해서 잘 살고 있는 친구들에게 지금도 연락이 온다. 열심히 최선을 다한 수업이었다. 이제 그만하면 되었다.

아빠와 함께 독서 수업

몇 해 전 일 년 프로그램으로 아빠와 함께 하는 독서 수업을 하게 되었다. 제안이 들어왔을 때 금요일 저녁이란 게 맘에 걸렸지만 아빠들과 함께 하려면 주말이나 저녁 시간 외엔 선택의 여지가 없었다. 하지만 토요일은 내가 가장 바쁜 날이라 금요일 저녁에 진행할 수밖에 없었다.

아빠들과 아이가 도서관에 와서 책 추억을 쌓는다는 게 얼마나 행복한 풍경인가! 잠시 감성 꼬임에 넘어가서 수업을 하겠다고 약속을 해 버렸다. 매주는 힘들고 격주 금요일 수업하기로 하고 3월에 첫 만남을 시작으로 11월 말까지 진행했다. 여름에는 저녁 7시도 대낮처럼 밝았는데 해가 짧아지면서 10월로 접어드니 저녁 7시는 캄캄한 한밤중이 되었다. 강사 입장에서는 어려운 수업이었다. 하지만 수강생 모집은 비교적 수월하게 마감되었다. 나중에 안 사실인데 엄마들이 아빠와 상의도 하지 않고 접수해 놓은 경우가 많았다. 우리 착한 아빠들, 마나님 무서워 퇴근하자마자 아이들 손잡고 도서관에 오셨다. 물론 몇몇 분은 자발적으로 오셔서 아이들과 찰떡궁합 보여주시기도 하셨지만 말이다.

수업 시작 후 30분 정도는 도서관 서가에서 아빠랑 아이가 필독서도 읽고 준비해 놓은 젠가 게임이나 보드게임도 하면서 분위기를 업 시켜 놓는다. 그런 후 내가 등장한다. 만약 유은실 작가의 <내 이름은 백석>이라는 짧은 단편을 읽기로 했으면 우선 배경지식 쌓기를 돕는다. 책 속에 중요한 인물인 '백석'이 어떤 사연을 갖고 있는 시인인지, 서울 성북동에 있는 '길상사'라는 절에 깃들어 있는 사연은 무엇인지, 그리고 북한에서 백석이 어떻게 노년을 살았는지 사진도 함께 본다. 이쯤 백석의 "나와 나타샤와 흰 당나귀" 시를 아빠와 아이가 돌아가며 낭독을 한다. 그랬더니 현우가 백석의 동화 시 <개구리네 한솥밥>을 안다고 말해서 모두 박수를 치고 현우랑 아빠는 어깨가 으쓱해진다. 책에 이름 사연이 있어서 아빠가 우리 아이들 이름을 어떤 의미로 지었는지 듣는 시간을 가져도 보았다. 책에서 찾은 멋진 문장이나 함께 토론하고픈 주제 등을 독서노트에 적게 하고 네이버 밴드 방에 사진 찍어 올리면서 수업 정리를 한다. 밴드에 올린 내용은 내가 다시 정리해서 다음 시간에 소개도 하고 토론도 이어나갔다.

보통은 다음 주 읽을 책을 미리 읽어오라고 당부드리지만 그게 꽤나 지키기 어려웠다. 그래서 내용이 짧은 단편을 함께 낭독해서 읽기로 했다. 아빠들이 한 페이지씩 낭독도 해 주시고 나도 목소리 흉내 내며 읽어주니 아이들 웃음소리 높아진다. 역시 누군가 책을 읽어주는 일은 행복한 체험임이 분명하다. 책 읽기 중간중간 몇 가지 색다른 활동도 첨가하며 수업 진행을 했는데 그중 하나가 <새싹 키우기> 이벤트였다. 설명서에 따라 솜을 깔고 씨앗을 뿌리고 물을 흠뻑 주고 집에 화분을 가져가서 밴드 방에 관찰 일기를 올리게 했다. 앞으로 일주일 후면 싹이 올라올 거라는 기대감. 파릇파릇 귀여운 새싹이 돋을 거라 생각하니 절로 기분이 좋아졌다. 이후 싹이 올라왔다며 인증 릴레이가 이어지는데 무척 기뻤다.

 금요일 저녁이라 더욱 힘들고 아빠와 아이를 함께 조율하는 수업이라 너무나 힘들었지만 돌아오는 길은 한없이 가볍고 즐거웠다. 라디오 볼륨 높이고 노래 따라 부르며 집에 돌아오는 시간은 성취감에 취해서 주말까지 그 기분으로 살아갈 수 있었다. 그런 밤, 집에 도착해 주차장에서 바라본 하늘에는 별이 초롱초롱 아름답게 빛나고 있었다.

 금요일 저녁에 참여해 주신 아버님과 친구들 감사합니다. 잘 지내고 계신지 안부를 여쭙니다.♥

별이 빛나는 밤에
유구도서관 zoom 북클럽

 책을 빌려주는 게 아니라 한 달에 한 권 책을 선물 받는 수업
이 있다. 그래서 수강신청은 시작되자마자 순식간에 마감된다.
공주유구도서관에서 2020년 5월 시작된 북클럽인데 코로나 펜데
믹으로 도서관의 모든 프로그램이 멈추고 모두가 패닉에 빠졌을
때 어떻게든 해보자는 마음으로 개설이 된 프로그램이다. 이 북
클럽을 제안해 주신 관장님. 늘 감사한 마음이었는데 표현도 못
하고 시간이 지났다. 도서관을 어떻게 운영하면 좋을까 고민하시
는 관장님 같은 분이 계셔서 우리 사회가 제대로 굴러가는 것
같다. 관장님과 이런저런 구상을 한 달 정도 모의했다. 일단 해
보자 시작했는데 정말 반응이 좋았다. 책 한 권 제대로 읽지 못
하고 오늘까지 살았다는 눈물겨운 반성들을 토해내시며 책을 끼
고 다니는 것만으로도 살맛 난다고 하셨다. 참여율도 최고였고
책도 열심히 읽고 화요일 저녁 8시에 zoom으로 쏙쏙 들어오셨
다. zoom! 코로나 이후 zoom을 쓸 때마다 감사하고 놀라울 따
름이었다. 참말 이런 걸 만든 사람은 누구냐! 시스템이 너무 직

관적이라 특별히 배우지 않아도 금방 사용할 수 있다. 모르는 건 유튜브 찾아보면 다 알려주고, 강의를 이렇게 하게 되다니 감탄스러웠다. zoom에서 모이다 보니 주관은 공주 유구도서관인데 경주에 사시는 분, 금산에 사시는 분 등 다양한 지역에서 들어오신다. 직장 다녀오시고도 집에서 북클럽을 참여하실 수 있으니 시공간 초월이다.

코로나는 계속 됐고 우리 북클럽도 오늘까지 쉬지 않고 책을 읽었다. 2022년 3월 선택한 책은 마르쿠스 아우렐리우스의 자성록(명상록)을 완독 하기로 했고 60쪽까지 읽어오기로 미리 단체 카톡방에 공지해 놨다. 마르쿠스 아우렐리우스는 로마 황제로 전장을 누비는 중에 이렇게 맑고 고즈넉한 글을 남기셨다. 엄청난 내공 없이는 불가능한 경지. 이순신 장군님처럼 전쟁일기를 쓴게 아니고 마음을 고요히 만들어주는 아포리즘들이 3월에 읽기에 최적인 책 같아서 첫 책으로 선택을 했다. 역시 빠짐없이 모두 zoom에 들어오셨다. 간단한 인사와 북클럽 규칙을 말씀드리고 책에서 찾은 좋은 문장들을 하나씩 낭독하고 왜 그 문장이 좋았는지 이야기를 나누며 공감하는 시간을 가졌다. 직접 만나서 책 이야기를 했다면 함께 따뜻한 차도 마시고 맛있는 간식도 먹으면서 책 이야기 나눴을 텐데, 비 대면이라 이런 점은 아쉽다. 물론 코로나로 대면 수업을 할 수도 없었다. 한 문장 한 문장 좋은 페이지들을 나누다 보면 한 시간이 훌쩍 지난다. 카카오톡 단체방에 질문, 소감을 한 줄 남기며 별이 빛나는 밤 북클럽은 문을 닫는다.

매달 4회 만나니까 책 분량을 대략 사 분의 일씩 나눠 진행한다. 그 분량 읽으면서 좋았던 문장이나 의문점이 있는 문장들을 월요일과 화요일 단톡방에 올리시라 요청 드린다. 나는 단톡방을 들락거리며 댓글에 하트도 날리고 내 생각과 감사를 써 드린다. 그 내용들을 파워 포인트에 넣고 화요일 밤 8시 zoom에 모여 올린 페이지 순서대로 회원 분들이 낭독하고 왜 여기를 선택했는지 의견을 나눈다. 혼자 읽은 책을 다시 한번 펼치며 귀로 듣고 다양한 의견을 듣는 기쁨이 있다. 자성록 외에 <여름은 오래 그곳에 남아/ 마쓰이에 마사시>를 읽었는데 이 책은 각 챕터에 제목이 없어 우리 회원들은 읽으면서 각 챕터의 제목을 하나하나 붙이셨다. 작가의 책에 독자가 할 수 있는 멋진 책 읽기 방법이라 생각한다. 물론 자성록의 각 챕터에도 제목을 붙이며 읽어나갔다. 책을 다 읽고 나서 그 제목만 봐도 책의 결정체가 내 손 안에 들어오는 짜릿한 느낌이 상쾌하다.

바쁜 일상 속에 틈나는 순간마다 함께 읽을 책이 있고 책 속에 들어가서 문장을 만나는 기쁨은 독서 세계에서 맛볼 수 있는 달콤함이다. 코로나와 함께 시작된 화요일 저녁 zoom 모임이 그래서 더 달달하다. 2022년에는 8권의 책을 함께 읽었다. 단조로운 일상 속에 한줄기 희망 같은 책과의 시간들이었다.

2022년 유구도서관 북클럽에서
함께 읽은 책 목록

▶3월을 여는 책 -
마르쿠스 아우렐리우스 <자성록> / 열린책들

▶4월, 책으로 여행을 -
무라카미 하루키 <라오스에 대체 뭐가 있는데요?>
/ 문학동네

▶5월, 어린 시절 어린이였던 우리에게 -
김소영 <어린이라는 세계> / 사계절

▶6월, 여름을 기다리며 문학의 세계로 -
마쓰이에 마사시 <여름은 오래 그곳에 남아>
/ 비채

7,8월 여름방학

▶9월, 화려한 여름을 보내고 책으로 걷기 -
에릭 와이너 <소크라테스 익스프레스> / 어크로스

▶10월, 젊은 날 읽었던 책을 다시 -
유시민 <거꾸로 읽는 세계사> / 돌베개

▶11월, 인간의 실존에 대해-
빅터 프랭클 <죽음의 수용소에서> / 청아출판

▶12월, 문학은 아름답다! 페이지마다 외치게 되는 -
델리아 오언스 <가재가 노래하는 곳>/ 살림

박경리 <토지> 읽기 동아리 모임

 2021년 여름부터 박경리 <토지> 읽기 동아리 모임을 하고 있다. <토지>를 토론하며 즐기는 사람들, 일명 토토즐. 일곱 분으로 구성 돼 있다. 나는 몇 년 전 <토지>를 완독해서 요번에는 다시 읽지는 않고 모임 참여만 하고 있다. 읽기를 독려하는 고문 역할이다.(목을 조르지는 않는다!) 멤버 대부분이 이런저런 일들을 하고 계셔 무척 바쁘신 데도 아주 열심히 <토지>를 읽고 계신다. 주말은 쉬고 매일 하루 한 챕터씩 읽고 노트 정리를 한다. 살면서 매듭 하나 제대로 지어 보겠다는 결심이 이들을 뭉치게 했다. 박선미 선생님의 진두지휘로 서로 앞서거니 뒤서거니 인증 릴레이를 하셔서 매일 흥미진진하다. <토지>는 동학혁명으로 시작해 광복까지 이어져 자연스럽게 우리나라 근현대사 흐름을 알수 있다. 조정래 <아리랑 > <토지> 같은 책을 읽은 덕분에 나는 한국사 1급 시험을 수월하게 통과할 수 있었다. 언젠가 이 이야기를 회원 분께 말씀드렸는데 그 말을 기억하고 계시다 한국사 1급을 통과하신 분도 계시다. 바로 최윤정 쌤!

이렇듯 책 읽기가 생활화 돼 있으신 분들은 확실히 다르다. 자신의 삶을 스스로 계획하고 도전하며 결과를 얻기 위해 노력하신다. 두꺼운 책 페이지를 뚜벅뚜벅 황소걸음 걸으며 기어이 독파하고 책을 덮는 습관은 대단한 거다. 책 완독이 쌓일수록 삶을 대하는 자세도 폭넓어지고 좀 더 지혜로워지는 것 같다. 기다릴 줄도 알고 요모조모 다르게 생각할 줄도 알게 되면서 흔들리지 않는 나무처럼 단단해진다. 이렇게 쓰고 보니 내가 왜 책 읽기를 시작했는지 알 거 같다. 이 거대한 세상에서 홀로 잘 살아갈 수 있을까 두려웠다. 그래서 책 속에 빠졌던 거다. 그리고 뜻하지 않게 책 속에서 힌트를 얻고 길을 찾을 수 있었다.

토토즐 회원님들도 각자 다른 목적으로 이 모임에 들어오셨지만 매일같이 토지를 펼쳐 들고 하루의 일부를 살아내신다. 오래오래 시간이 지나도 토지를 읽고 정리했던 시간들, 그리고 zoom에서 만나 토지 이야기를 나눴던 그 순간들을 잊을 수 없을 거라 확신한다. 다른 시간들은 물거품처럼 사라졌지만 그 책을 읽었다는 사실들, 그 등장인물 때문에 마음 아팠다는 사실들은 쉽게 잊혀지지 않을 거다. 김영하 작가님의 <읽다>의 문장이 적절해서 옮겨본다.

독자로 산다는 것에 현실적 보상 같은 것은 없을지도 모릅니다. 그러나 우리의 짧은 생물학적 생애를 넘어 영원히 존재하는 우주에 접속할 수 있다는 것, 잠시나마 그 세계의 일원으로 살아갈 수 있다는 것, 어쩌면 그것이야말로 독서의 가장 큰 보상이 아닐까 생각합니다. - 김영하 <읽다> p.209

토토즐 회원님들, 토지 20권 마무리 하면 하동 평사리도 다녀오고 통영에도 꼭 함께 다녀옵시다. 지치지 말고 오늘도 열독하시길!

어린이 독서 자원봉사자 양성 과정

이 수업은 20년 전의 나를 떠올리면서 계획했다. 아이들 돌보면서 내 일을 가지고 싶어 찾아 헤맸던 나 같은 분들에게 도움을 드릴 수 있는 수업. 어린이 책을 연구하고 그중 몇 권을 선정해서 수업 계획을 짜는 거다. 그리고 초등학교에 직접 나가 어린이들에게 책 소개하고 독서 후 활동을 하고 돌아오는 과정이다. 대부분 아이를 키워보셨고 책을 사랑하는 분들이라 수업 이해도가 무척 높고 실제 얼마나 능력이 출중하신지 깜짝깜짝 놀란다. 컴퓨터로 독서활동지 척척 완성하시는 것쯤은 기본이다. 다만 책을 재미있고 알차게 소개하고 책 속 메시지를 어린이와 어떻게 소통할까 하는 걸 제일 어려워하신다. 활동지를 만들 때 다음 3가지를 생각하며 구상하기로 했다. 호주의 북클럽 프로그램*)에서 찾은 자료였는데 그 어떤 조언보다 유용했다.

1. 책을 읽고 무엇을 얻으면 좋을까?
2. 어떤 이야기를 나눌까?
3. 이 책을 다시 찾기 위해 어떤 추억을 줄까?

---

*) Neumann,S.B.(1996). Children engaging in storybook reading

코로나 시대 이후 zoom으로 수업 문을 여는 경우가 많아졌다. 드디어 첫 수업! 오전 10시 시작이지만 9시 30분에 미리 zoom을 켜 놓고 기다린다. 나는 요 시간이 참 좋다. 수업 준비는 다 되어 있으니 차분히 기다리며 최종 점검을 한다. 따뜻한 커피도 (보통 깔끔한 아메리카노를 즐기지만 요때는 플랫화이트 같은 라떼도 좋다.) 한 잔 내려서 가져오고 조용한 음악(라흐마니노프 피아노 연주곡이나 리스트의 '사랑의 꿈' 같은 음악)도 틀어놓는다. 햇살도 좋고 마당 가득 새들이 몰려와 왁자지껄 분주한 풍경이 펼쳐진다. 10시에 가까워질수록 한 분 두 분 zoom에 들어오신다. 처음 보는 분들도 계시고 늘 수업을 찾아오시는 오래된 팬들도 계신다. 그 분들 활짝 웃으시는 얼굴 뵐 때 또 에너지 상승. 언제나 한결같이 나를 응원해 주는 분들이 계시다는 건 축복이다. 첫 수업이다 보니 얼굴들이 모두 어색하고 긴장 모드다. 그럴수록 나는 좀 더 밝은 목소리로 한 분 한 분 인사를 나누며 수업 온도를 부드럽게 한다. 모두가 조금씩 용기를 내어 비디오를 켜시라 부탁한다. 그렇잖아도 비대면 zoom 수업인데 비디오까지 꺼 놓으면 zoom의 장점을 모을 수 없다. 따뜻한 차도 가져오시라 하고 이 수업에 관심을 갖게 된 이유도 여쭤본다. 이 낯섦을 극복해야 수업이 원활해진다.

그동안 학교 수업에 사용된 책들, 그리고 올해는 어떻게 진행될지에 대해 소개하고 질문을 주고받는다. 자기소개도 단체 카톡방에서 나누고 그쯤 책 한 권을 소개한다. 마치 선물처럼! <비밀의 강>이라는 책을 읽어드린 적이 있다. 비밀의 강은 (어린 시절 금성출판사 소년소녀 세계문학 전집에서 읽은) '아기 사슴 플랙'을 쓰신 마저리 키난 롤링즈의 책이다. 작가 사후에 발견된 책이라는데 순수한 어린 마음으로 찾아낸, 비밀의 강에서 잡아온 메기로 가난이 덮친 마을 사람들을 도와주는 이야기다. 내가 차근차근 읽어드리기만 해도 좋아하신다. 누군가 나에게 책을 읽어주다니! 나도 대학원 다닐 때 책 읽어주시는 교수님이 계셨는데 얼마나 그 시간이 좋았는지 모른다. 그래서 수업에 한 꼭지씩 책 읽어 드리는 시간을 넣으려 한다. 특별히 동화구연을 하지 않아도, 책에 대한 이해와 그 책을 사랑하는 마음만 있다면 목소리 강약 조절만으로도 충분하다.

이런 분들과의 만남은 나에게 '교학상장'의 시간을 갖게 한다. 더욱 겸손하게 노력하는 삶으로 들어가자 다짐하는 시간이다. 삶의 길목마다 의미 있고 행복한 일 찾아내실 분들을 만났다는 생각에 내 가슴도 두근거린다. 첫 수업, 긴장된 마음을 사르르 녹일 수 있었던 시간이지만 가끔 수업이 끝나고 사정이 생겨 수업을 더 이상 못 듣겠다는 연락이 오기도 한다. 아무래도 학교 수업 나가는 게 걱정 되셨나 보다. 이럴 때 마음이 안타깝다. 시작이 반인데 끝을 못 보다니! 설득도 무용지물일 때 참 속상하다.

어린이 독서 자원봉사자
양성 과정 책들<초등2-4년>

　몇 년 동안 진행했던 어린이 독서 자원봉사자 양성 과정을 올해도 개설했다. 요번 학기는 어떤 책들을 골라서 어떤 수업을 이끌까? 책 선정과 수업 자료 만드는 게 가장 큰 핵심이다. 2022년 하반기 2-4학년 선정 도서는 다음과 같다.

1. 동시 만나기
▶활용 동시집
❶지렁이 일기예보/유강희
❷손바닥 동시/ 유강희
❸시 주머니 어따 놨어/ 강선재 어린이 시집
---> 사계절 날씨가 동시집 안에 살아 있어요. 함께 동시를 낭독하며 사계절을 느껴볼까요?

▶수업내용
-동시 낭독하고 맘에 드는 구절 뽑기
-마인드맵으로 날씨 표현하기

-동시 제목 바꿔보기
-맘에 드는 동시로 비슷하게 동시 짓기

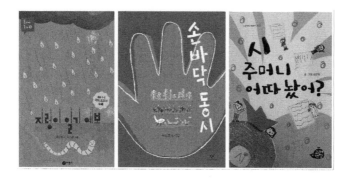

2. 고민식당/ 이주희 글·그림/ 한림출판사
　고민이 있는 사람만 주문할 수 있는 특별한 식당, 신기한 음식의 마법이 펼쳐지는 고민식당을 소개합니다.

▶수업내용
-등장인물은 어떤 고민이 있었나요?
-내 고민을 살짝 적어볼까요?
-나의 추천 음식과 음식 그림 그리기

　다음 소개되는 활동지는 우리 팀 모두가 고민했지만 최종 완성은 김영선 선생님이 만들어 주셨음을 알리며 소개한다.

등장인물들에게 어떤 고민이 있었는지 알아보면 자연스럽게 책 전체 내용을 알게 된다. 말로만 하면 재미없으니 사다리 타기 게임을 하며 따라가 본다.

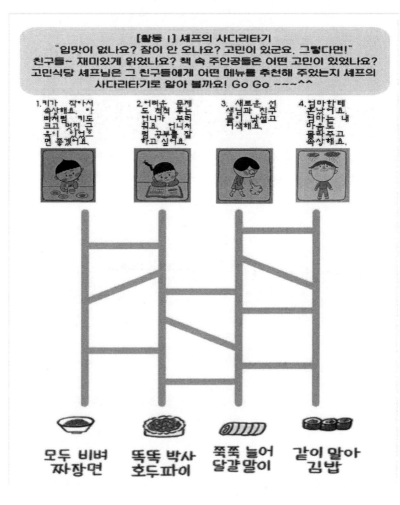

나는 지금도 그렇지만 어릴 때도 고민이 많았던 어린이였다. 그런데도 가끔 잊는다. 어린이들이 무슨 고민이 있겠냐고! 막상 어린이들을 만나보면 고민이 한두 개가 아니다. 그 고민의 순간에 <고민식당> 읽으며 내 고민의 정확한 실체를 알아보는 것도 필요하다. 막연한 걱정은 불안하기만 하다. 그럴 때는 내가 왜 불안한지 또박또박 적어보는 거다. 어느 순간 해결의 실마리가 번쩍 떠오를 거다.

3.쓰레기통 요정/ 안녕달 글·그림/책 읽는 곰
 (앞의 자료 참고요)

4.투발루에게 수영을 가르칠걸 그랬어!
 /유다정 글·박재현 그림/ 미래아이
 투발루는 주인공 로자의 고양이 이름이자 로자가 살고 있는 나
라 이름입니다. 고양이 투발루에게 왜 수영을 가르쳐야 했을까
요?

▶수업내용
-지도에서 투발루 찾기
-투발루에게 왜 수영을 가르쳐야 했는지
 말로 표현하기
-투발루를 위해서 내가 할 수 있는 일 찾아보기

어린이 독서 자원봉사자
양성 과정 책들<초등5-6년>

이번 학기는 5~6학년도 학교 신청을 받았고 생각거리가 많은 그림책으로 골라봤다.

1.논다는 건 뭘까?/ 김용택 글 · 김진화 그림/ 미세기

▶수업내용
-책에서 말하는 논다는 것은 무엇인지
 세 가지만 정리해서 말하기
-가장 신나게 놀았던 추억 떠올리기
-마음에 드는 문장 필사하기

2.키오스크/아네테 멜레세 글 · 그림/ 미래아이
 꿈을 찾아 떠나는 올가의 여행! 키오스크 작은 가게에서 물건을 팔던 올가가 어떻게 꿈을 찾는 여행을 하게 됐을까요?

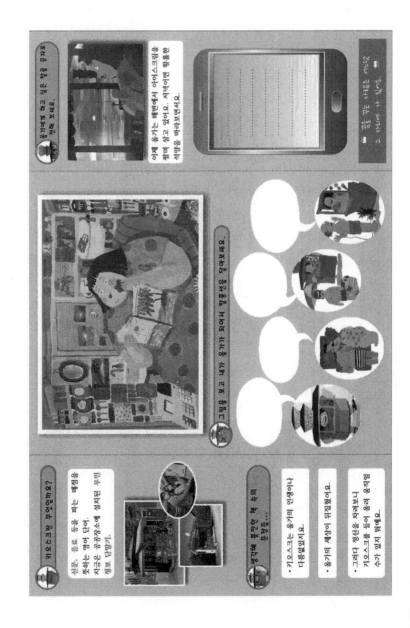

딸기 맛도 사라지는 어째? 그래서만 수 있어요.

이제 옮기는 해변에서 아이스크림을 팔며 살고 있어요. 저녁이면 향긋한 석양을 바라보면서요.

우리는 동쪽 항구 끝에 딸을 하고 난 뒤, 바다에 모여서 '엄마

그렇게 각 자의 길을 찾아 우리는 모두 헤어졌습니다.

키오스크는 무엇일까요?

신문, 음료 등을 파는 매점을 뜻하는 영어 단어. 지금은 공공장소에 설치된 무인 정보 단말기.

혹시 잠이 들면 생각하는...

• 키오스크는 옮기의 인생이나 다름없었지요.

• 옮기의 세상이 뒤집혔어요.

• 그래다 정신을 차려보니 키오스크를 들여 놓을 음식일 수가 없지 뭐예요.

우리 팀 생각을 활동지에 잘 정리해주신 김민태 선생님 감사합니다.

▶수업내용
-동명의 애니메이션 감상하기
-올가의 꿈과 내 꿈 써보고 포스트잇에 응원 글 적기
-내 꿈을 이루기 위해 오늘 할 수 있는 일 찾기
-간단한 키오스크 만들기(A4용지 활용)

3. 두고 보자! 커다란 나무/ 사노요코 글·그림/시공주니어
 나무의 소중함을 모르고 투덜거리고 화만 냈던 아저씨는 나무를 베어 버리기로 결정합니다. 아저씨와 나무는 어떻게 됐을까 책을 따라가 볼까요?

▶수업내용
-나무가 아저씨에게 준 것은 무엇인지 말하기
-나무가 아저씨에게 준 것 중 보이지 않는 것은
 무엇이었는지 쓰기
-나에게 나무처럼 소중한 것은 무엇인지 생각하고
 발표하기

4.세상에서 가장 멋진 내 친구 똥퍼/
 박지원 원작·이은홍 그림/사계절
 박지원의 <예덕선생전>을 쉽고 재미있게 만화로 그린 책입니다

▶수업내용
-예덕선생님께 배울 점은 무엇인지 짝꿍과 생각 모으기
-가장 인상 깊은 장면 발표하기
-어른이 된 나는 어떤 직업을 갖고 있을까 상상하기
-김홍도 그림 찾기(책 속에 김홍도 그림이 많이 숨어 있습니다.)

 책을 읽을 때 밑줄을 치거나 포스트잇을 활용한다. 빌린 책이라면 노트에 메모하면서 읽는다. 공감되는 문장, 기억하고 싶은 문장, 멋진 표현, 중요한 부분이라 생각되는 문장에 밑줄을 쳐 놓는다. 이런 밑줄들이 독자가 할 수 있는 책과의 대화이다. 훗날 책을 펼쳤을 때 밑줄만 봐도 잘 이해되고 책 읽었던 날이 소환될 것이다. 책을 다 읽고 나서 혼자 책에 대한 정리를 하는 것도 중요하다. 작가가 하고 싶은 말은 무엇이었나, 이 책을 읽고 변화된 점이 있는지, 앞으로 계획이 생겼는지 등을 정리하고 짧게라도 완독 소감을 남겨본다. 이런 과정을 거치면 그 책은 잊을 수 없고 비로소 진짜 내 책이 된다.

첫 수업은 동시

초등학생 어린이들과 첫 수업은 동시로 정할 때가 많다. 동시만 함께 낭독해도 노래 부르는 기분이 들어 첫 만남의 어색함이 조금 사라질 수 있기 때문이다. 무엇보다 짧은 글이라 친구들 부담감도 적다. 초등학교 담임선생님이라면 일 년 동안 동시 쓰기를 꾸준히 해 보시면 어떨까 싶다. 가정에서는 아이들과 일 년 동안 틈날 때마다 동시 읽기를 추천한다. 매일 동시 한 편씩 식탁 위에 올려놓고 함께 읽어본다. 재미난 표현을 이야기해보고 멋진 표현에는 형광펜으로 밑줄도 그어본다. 동시 노트가 따로 있으면 더 좋겠다. 좋아하는 동시를 써보기도 하고 모방시도 내 맘대로 적어 보는 거다. 요런 건 인스타그램이나 블로그를 활용하면 좋다.

▶동시 낭송하기
첫 시간, 짧고 재미있는 동시를 함께 낭송한다. 한 줄은 선생님이 다음 줄은 친구들이 읽는다. 읽다 보면 노래 부르는 느낌 들어 나도 몰래 고개를 까딱이며 박자를 맞춘다. 동시를 낭송하고 포스트잇에 특별히 맘에 드는 문장을 쓰게 한다. 그 부분이 왜 맘에 들었는지 말로 표현하는 것도 처음엔 어렵지만 계속 느낌을 표현하는 기회를 갖게 한다. 고급 독자는 절로 만들어지지 않는다. 멋진 문장을 발견할 수 있는 눈과 내 생각을 말로 표현하는 연습을 통해 고급 독자의 길로 들어설 수 있다.

▶앙케트 조사하기

함께 읽은 몇 편의 동시가 있다면 어떤 동시가 끌리는지 앙케트 조사를 한다. 순위를 예측도 해보고 우리 반이 뽑은 최고의 동시는 무엇인지 알아보면서 내가 뽑은 동시의 매력을 스스로 생각해 보는 거다.

▶동시 제목 맞춰보고 제목도 다르게 써 보기

동시 제목을 지우고 맞춰 보는 거다. 친구들이 어려워하면 초성 힌트를 주거나 첫 글자를 알려준다. 시 제목을 맞췄다면 이번엔 다르게 제목을 바꿔본다. 어린이들이 바꾼 제목이 더 좋은 경우도 많다. 그럴 땐 기쁨의 하이파이브!

▶동시 빈칸 채우기

동시에서 중요한 단어를 빈칸으로 남겨놓자. 동시의 앞뒤 문맥에 어울리는 다양한 단어를 생각해 보는 거다. 짝꿍과 생각을 나누면서 함께 답을 맞혀본다.

▶내가 쓴 동시

뭐니 뭐니 해도 동시 수업의 백미는 직접 시를 써 보는 거다. 핸드폰으로 풍경을 찍고 그 풍경에 맞는 동시를 써 보게 한다. 처음엔 막막하지만 어느새 뚝딱 시 한 편이 탄생한다. 그 순간 스스로 대견스러워 우쭐해하는 친구들 모습이 사랑스럽다. 재동초등학교 4학년 강선재 어린이는 동시 쓰고 시화도 직접 그려서

<시 주머니 어따 낳어?>라는 동시집을 출간했다. 누구든 동시 읽기를 좋아하면 할 수 있는 멋진 일이다.

 동시를 즐겨 읽다보면 모든 순간이 시(詩)가 될 수 있음을 알게 된다. 평범한 순간이 시가 될 수 있다는 사실을 깨달은 어린이들 은 훨씬 풍요로운 뜰을 소유하게 될 거다.

지난 학기 500여명의
어린이들과 동시 쓰기를 했다.
모두가 시인이었다.

수업을 도와주신 윤소연, 정영아 선생님
함께해서 든든했습니다.

책 사랑법 단서 찾기<1>

다음 글은 <허삼관 매혈기>를 쓴 중국 작가 위화의 독서 경험담을 요약해서 옮겨봤다. 책 좋아하는 길을 알려주는 단서가 있다.

나는 책이 없는 시대에 성장했다. 문화 대혁명이 7년째로 접어들며 이 잔혹한 행위에 모두 지칠 무렵, 마을 도서관이 문을 열었다. 하지만 도서관엔 책이라 할 만한 것이 거의 없었다. 중학교 시절, 당시 나는 독초라 불리는 소설을 읽기 시작했으나 모든 책들이 내 손에 들어왔을 때는 이미 심하게 낡은 후였다. 앞부분 10여 쪽이 찢겨 나간 책도 있었다. 그래서 나는 책 제목도 작가가 누구인지도 모른 채 읽었다. 또한 이야기가 어떻게 시작 됐는지, 어떻게 끝나는지도 알 수 없었다. 이야기가 어떻게 끝나는지 모르는 것은 정말로 고통스러웠다.

결말이 없는 이야기들은 결국 나를 훈련시켰다. 마침내 나는 스스로 이야기의 결말을 상상하기 시작했다. 전등을 끄고 잠 자리에 들면 나의 눈동자는 어둠 속에서 상상의 세계로 들어가 이야기의 결말을 지어내고 이렇게 내가 지어낸 이야기에 감동하여 뜨거운 눈물을 흘리곤 했다. 문화대혁명이 끝나자 서점에는 참신한 문학작품들이 들어왔다. 그 가운데

'여자의 일생'이라는 소설도 있었다. 어느 날 저녁 엎드려 '여자의 일생'을 읽기 시작했다. 3분의 1쯤 읽었을 때 나는 너무 놀라 소리를 지르고 말았다. 알고 보니 바로 이 책이었다! 내가 여러 해 전에 가슴 졸이며 읽었던 시작도 끝도 몰랐던 첫 번째 외국 소설이 바로 모파상의 '여자의 일생'이었던 것이다.

이상은 위화 작가님의 <사람의 목소리는 빛보다 멀리 간다.>의 내용 일부를 요약한 것이다. 책의 결핍이 오히려 한 소년을 독자의 길로 안내하는 과정을 보여준다. 앞뒤가 훼손된 책을 읽고 결말이 어땠을까 고민하며 혼자 이렇게 됐겠지 상상하는 어린 위화 모습을 떠올려 본다. 나도 아이들한테 앞부분만 들려주고 이후 어떻게 될 거 같은지 여러 의견을 들어보는데 그러면 아이들은 안달이 난다. 뒷이야기가 생각한 대로 진행될 것인가 너무 궁금하기 때문이다.

문화대혁명 시절 문학 작품은 분서갱유를 당한 거나 진배없었다. 소설은 독초라고 취급받았다. 하지만 위화는 그 독초라는 소설에 빠져 문학 소년이 되었다. 위화의 사례처럼 <공부머리 독서법>을 쓰신 최승필 작가님은 쉽고 재미있는 책을 매주 한 권씩 일 년만 제대로 읽어내면 독서 근력은 저절로 생긴다고 했다. 이건 실제 내 독서 경험으로도 알 수 있었다. 나는 늘 어떻게 하면 어린이들이 책을 재미있게 읽을까 고민을 한다. 책만 잘 읽어도 초등학교 생활은 성공이다. 이런 고민을 하며 쓴 메모다.

1.어린이와 책 읽기를 한다면 낭독을 많이 했으면 좋겠다. 재미있는 성장 동화를 일주일에 한 권씩 일 년 동안 제대로 읽는다. 여기서 제대로 읽기란, 줄거리를 명확하게 말할 수 있고 중요 키워드를 찾아낼 수 있음을 의미한다.

2.동화의 일부를 함께 읽고 결말을 추측해 본다. 내가 생각한 결말이 나올까 기대하는 것만으로도 자발적 독서를 이끌 수 있고 글 쓰는 능력도 향상될 수 있다. 글로 쓰는 게 어려우면 말로 해도 되고 동영상을 찍거나 녹음을 한 후 들어보면 글쓰기가 쉬워진다.

3.어렸을 때부터 스스로 책 고르는 연습을 자주하면 결국 자신의 취향도 알게 된다. 자기를 아는 것은 언제나 중요하다.

4.완독의 기쁨을 쌓아보자. 가끔 어려운 책을 읽고 높을 산을 넘는 경험도 소중하다. 완독의 경험은 책 읽기의 변곡점을 준다.

책 사랑법 단서 찾기<2>

 다음 이야기 역시 위화의 이야기다. 어떻게 책을 읽어야 할까를 힌트로 얻을 수 있어 요약해 본다.

 위화가 고등학교 2학년 때다. 여전히 온전한 책을 구하기 힘들었던 시절, 제대로 된 필사본 춘희를 빌리게 되었다. 하지만 하루 밖에 빌려줄 수 없다는 말에 친구와 나는 서로 머리를 맞대고 함께 읽기 시작했다. 정말로 열정적이고 감동적인 독서였다. 우리는 이 소설을 영원히 점유하고 싶었다. 일단 읽기를 중지하고 책을 베끼기 시작했다. 다음 날 책을 돌려주기 전 어떻게든 필사 작업을 다 끝낼 작정이었다. 우리는 학교 교실로 돌아가 있는 힘을 다해 책을 베끼기 시작했다. 다음 날 아침이 될 때까지 한 사람은 책을 베끼고 한 사람은 휴식을 취하고 이런 식으로 번갈아가며 필사를 했다. 이렇게 우리는 끊임없이 상대방을 깨워가면서 마침내 우리 인생의 가장 위대한 과업인 필사 작업을 마쳤다. 드디어 직접 만든 필사본 춘희를 읽었다. 내가 갈겨쓴 글씨는 그나마 알아볼 수 있었지만 친구가 갈겨쓴 글씨는 도무지 알아볼 수 없었다. 이게 대체 무슨 글자야? 나의 독서는 마치 입으로 음식을 먹는 것 같아서 더듬더듬 간신히 춘희를 다 읽을 수 있었다. 그래도 이 소설에 담긴 이야기와 인물들은 내 마음을 충분히 자극하고도 남았다. 이제 친구가 읽을 차례다. 그날 밤 내가 자고 있을 때 친구가 내 이름을 불러댔다. 역시 내가 갈겨쓴 글씨를 알아보지 못한 것이다. 나는 하는 수 없이 일어나 그와 함께 가로등 밑으로 갔다. 친구는 복받쳐 이 소설을 읽었다.

위화의 <춘희> 필사 경험담은 책을 좋아하는 사람들이라면 하나씩 가슴에 품고 계실 거다. 눈으로 책을 읽다 가슴에 꽂히는 문장을 놓치기 싫어서 따라 써 봤던 경험들. 나는 늘 책을 읽으며 노트에 메모를 한다. 생각을 간단하게 남기기도 하지만 대부분 멋진 문장이나 중요한 문장을 필사해 놓는다. 책을 다 읽고 필사해 놓은 글을 다시 읽으며 책 내용을 정리하는 건 오래된 내 읽기 방법이다. 독서 수업 시간에도 되도록 필사를 하게 하는데 친구들이 뽑은 문장을 감상하며 감탄도 하고 자기랑 같은 문장을 필사한 친구들을 만나면 반가워 악수를 한다. 그러면서 자연스럽게 그동안 읽은 책을 정리하는 시간을 갖는다. 가장 행복한 수업 풍경 중 하나다.

어린이 책 읽기를 생각하며

오래도록 책을 읽을 수 있는 동력은 독서의 즐거움을 느낄 때 얻을 수 있다. 즐거움과 더불어 책에서 삶의 이정표를 발견할 수 있다면 무엇을 더 바라겠는가. 요즘은 책이라는 콘텐츠 힘이 약해지고 있다. 하지만 여전히 소수의 사람들은 더 많은 책을 읽고 더 많은 글을 발표하고 있는 것도 사실이다. 올더스 헉슬리의 <멋진 신세계>에서는 여자가 아기를 낳지 않는다. 공장에서 정교하게 알파 계급부터 앱실론 계급까지 만든다. 낮은 등급의 사람들에겐 책과 꽃을 두려워하는 교육을 어렸을 때부터 시킨다. 책을 만지는 순간, 전기 자극이 가해한다. 낮은 계급에겐 책도 꽃도 필요 없다. 아무 생각도 없이 살아가게 만드는 게 사회 질서 유지에 더 효율적이기 때문이다. 1932년에 올더스 헉슬리가 만들어낸 <멋진 신세계>에서 현재의 우리 사회를 만날 수 있다.

책을 멀리하는 이유 중 하나는 어린이들에게 공부를 잘하게 하고픈 어른들 맘도 한몫한다. 책을 읽고 공부를 잘했으면 좋겠다는 소망이야 품을 수 있지만 그래서 무리하게 책 읽기를 강요하고 제대로 읽었는지 못 미더워해 자꾸 테스트를 하는 행동 하나하나가 아이들에게 책을 뺏는 행위다. 요즘 교과연계도서를 읽게 하려고 노력을 하는데 여기서도 어른들의 욕심이 묻어있다. 아이가 좋아하는 책에 푹 빠져 있는 모습, 너무 사랑스럽지 않은가? 다양한 영역의 책을 읽게 만드는 건 그다음의 이야기고 더구나 책 읽고 성적 좋아지는 아이가 되는 것도 훨씬 나중의 일이다. 어린이가 책에 푹 빠지는 경험을 자주 갖게 되면 그다음 매듭은 자연스럽게 풀리게 돼 있다. 교과 연계 도서를 좋아하는 엄마들은 과연 그 책을 재미있게 읽어보셨는지 궁금하다. 독서계획안을 짤 때 교과연계도서가 들어가야 어린이 모집이 잘 된다고 한다. 엄마들이 신청하기 때문에 어쩔 수 없다는 입장은 충분히 공감하지만 이럴수록 독서는 실패할 수밖에 없다. <멋진 신세계> 앱실론 계급이 책을 만지면 전기 자극이 가해지는 것처럼 아이들도 책에 치이는 전기자극을 매일 받는 건 아닌지 속상하고 염려된다. 재미있는 책 한 권을 만날 수 있다면 책을 사랑하는 독자가 될 확률이 높아질 것이다. 어린이가 책 읽는 사람으로 자라도록 도와줄 수 있는 방법은 책을 재미있게 읽을 수 있도록 어떤 책이든 허용해 주는 거다. 즐거운 책읽기 경험을 많이 할 수 있도록 어른들은 이제부터 문지기 역할을 그만하자.

어렸을 때 명절이면 사촌들과 둘러앉아 만화책을 탐독했다. 오빠들이 빌려온 무협지는 내 스타일이 아니었지만 만화 보는 게 재미있었다. 어른들은 만화 읽는 우리들에게 타박을 한 적이 없다. 맛있는 간식을 주시며 만화책이라도 읽는 우리들을 기특해하셨다. 학원도 과외도 몰랐던 시대에 우리들은 너무도 여유로운 어린 시절을 만화책을 보며 지낼 수 있었다.

하지만 지금의 어린이들은 너무 바쁘다. 정독할 틈이 없다. 정독은커녕 게임할 시간도 없다. 어른들이 자꾸 책을 읽으라고 재촉하지, 안 읽으면 죄책감 쌓이지 그러니 훑어 읽기의 달인이 되었고 후루룩 읽으면 대략적인 이야기는 알 수도 있겠지만 진짜 진짜 그 책이 주는 알짜배기는 죽어도 읽어낼 수 없게 되는, 그래서 책이 재미없어지고 자꾸만 책이 지겨워지는 악순환이 계속된다. 여유 있게 책을 읽고 완독 하는 경험을 하는 친구들이라면 누가 읽어라 마라 얘기하지 않아도 책에 빠질 수밖에 없다. 꼼꼼하게 읽는 것도 습관이고 기술이다.

입체파의 대가인 피카소가 그림을 못 그려 그렇게 쪼개서 아비뇽의 처녀들을 그린 게 아니다. 피카소는 스무 살이 되기 전 이미 수많은 데생 연습을 했고 그때 벌써 엄청나게 멋진 그림을 그릴 수 있었다. 기존 화가의 길을 따르느냐 새로운 길을 가느냐의 기로에서 새로운 세계로 발길을 옮겼을 뿐이다. 그 새로운 세계로 갈 수 있었던 것도 탄탄한 기본기가 있었기에 가능했고 인정을 받을 수 있었던 거다. 책 읽기도 마찬가지다. 책 읽기의 기본은 정독하기다.

어린 친구들일수록 충분한 시간을 주고 책읽기를 할 수 있게 넉넉한 시간을 주자. 그러다 보면 책을 읽는 그 시간의 매력에 빠질 것이고 책을 펼쳤을 때 만나는 등장인물들과 실컷 놀고 웃을 수 있을 것이다. 책은 현실에서 할 수 없는 색다른 경험들을 할 수 있게 한다. 그 간접 경험이 현실이 되지 말라는 법 있겠는가. 어려움을 이겨내고 성장하는 주인공을 만난 어린이라면 그 이상의 성장을 기대할 수 있는 법이다. 행복한 인생을 살 수 있는 든든한 티켓이 책 속에 들어있다.

도서관 프리랜서의 여름 일기

6.1

온통 특강 생각뿐이었다! 준비는 다 되었다. 집에서 일찍 출발해 강의 시작까지 한 시간 남아있었다. 컴퓨터와 빔 프로젝트, 파워 포인트 자료가 잘 나오나 최종 점검했다. 아직도 30분 남았다. 2층 로비에서 마지막으로 원고 읽고 마음을 가다듬었다. 긴장도 되지만 기다림은 짜릿하다. 일찍 오셔서 자리 잡으신 관객들과 인사 나누며 강의를 시작했다.

6.5
수업 끝나고 바쁜 척하며 집으로 돌아왔다. 가만히 있어도 마당
에서 온갖 새소리가 들려온다. 메리골드, 버들마편초 어찌나 예
쁘게 폈는지 바라만 봐도 향기롭다. 텃밭에 가니 애호박이 어느
새 크게 자라 있었다. 호박 넣어 된장찌개 해야 하나? 에라 모
르겠다! 커피 한 잔 들고 나무 아래 앉았다.

6.24
가족과 축구 보면서 멜론도 먹고(요때만 먹을 수 있는 수신 멜
론) 이야기꽃을 피웠다. 때 이른 더위에 온종일 지쳤는데 창문으
로 들어오는 밤바람은 어찌나 시원한지! 해야 할 일은 많지만 가
끔 할 일을 다 못해도 괜찮다. 내일이 있다.

6.27
봄비
바람에 불려 대기가 젖는다.
내가 봄비라고 이름 짓는다.
봄비,
그러나 감자 밭을 적시기엔
아직 적다.

하이쿠 같다. 여름을 재촉하는 비가 온 날 황석영 <개밥바라기
별>에서 적어놓았다.

7.9
바람 가득 여름이 실려 있다. 데크에 꽃들은 햇살아래서 빛나고
있다. 덥지만 매력적인 계절이 바로 여름이다. 오후엔 글도 쓰고
나를 돌아보는 시간을 갖고 싶다.

7.14

토요일 수업 보강 하러 도서관 왔다. 수업 중에 아이들도 글 쓰고 나도 이 글을 쓰고 있다. 아이들이 열심히 글을 쓰고 있으니 나도 쓰고 싶어졌다. 수업 시간에 이래도 되나 싶은 순간, 다음 문장을 어떻게 쓸지 도와달라는 손짓! 여기서 멈춘다.

7.23

그 역시 사랑했고 살려고 애썼고 그러다 죽음을 체험한 사람이다. 그만하면 한 인간의 역사는 충분히 이루어진 셈이다.
-장 폴 사르트르 <말>

노회찬 의원님께 드리기엔 약한 글이지만! 이런 글만 봐도 눈물이 난다. 노회찬 의원님의 명복을 빈다.

7.27

내 옆에 팡이가 있다. 얼떨결에 우리에게 왔다(현재 10년 이상 키우고 있다.) 강아지를 어떻게 키워야 하는지 전혀 알지 못해 우여곡절이 많았지만 지금은 우리에게 너무도 소중한 존재다. 팡이를 몰랐던 시간과 지금의 시간은 그 질량이 다르다. 우리 가족을 바꾸게 만든 팡이. 집에 혼자 있을 팡이 생각에 급한 일만 얼른 하고 집으로 돌아온다. 팡이랑 있으면 세상 무서울 게 없다.

*우리 팡이랑 똑같이 생긴 애가 등장하는 책은 백희나 작가님의 <나는 개다>에서다. 그리고 약간 다르지만 비슷한 애는 크리스반 알스버그 작가님 책에 자주 등장한다.

8.8

엄청난 더위다. 캐리어 선생이 올여름 구했다는 농담이 있을 정도로 에어컨 없으면 어찌 살 수 있었을까 싶은 더위다. 우리 집 낡은 에어컨, 덜덜거릴 때마다 심장이 떨린다. 지금은 수리받기도 힘들고 구매 대기 줄도 많단다. 앞으로 열흘 정도 잘 견뎌보자 위니아야.

8.16

30여 페이지 남은 <난중일기> 끝내고 싶어 책상에 앉아있다. <난중일기>는 1598년 11월 17일로 끝난다. 마지막 일기는 평범했다. 그리고 11월 18일 왜적을 크게 쳐부수고 선두에서 싸움을 지휘하던 이순신은 적의 유탄을 맞아 전사한다.

서해문집 <난중일기>를 오래전 63페이지까지 읽다가 연필을 꽂아 놓은 채로 덮었는데 그 사이 배경지식이 쌓인 건지 비교적 잘 읽혔다. 1597년 일기부터는 숨죽이며 때론 한숨 쉬며 몰입했다. 그럴 수밖에 없다.

8.17

어제 저녁부터 바람이 시원해졌다. 새벽엔 추워 창문을 닫고 자야 했다. 한 달 만에 찾아온 쾌적한 날씨가 반갑고 선물 같다. 텃밭 고추도 빨간 보석처럼 어여쁘다. 가을도 머지않았다는 생각을 하니 새삼 여름이 소중하게 느껴졌다.

8.19

평교에 책 보러 잠깐 왔다. 조용하고 여유로운 도서관 책 향기가 나를 선하게 만드는 기분이 든다. 수업에 필요해서 다시 찾은 책 <퇴근길엔 카프카를> 들고 열람실 책상에 앉았다.

책이 아니면 무엇으로 나를 얘기할 수 있을까? 책으로 살아온 하루하루, 책 읽기에 애정을 가진 시간들 덕분에 내 삶을 사랑하게 되었다.

8.21
태풍 소식 있더니 우리 집 하늘도 변덕스럽다. 여름 내내 비가 오지 않아 마당 잔디가 크지 못했다. 여름에는 보통 2주에 한 번은 잔디를 깎아줘야 하는데 올해는 자라기는커녕 누렇게 뜨고 있다. 아침마다 남편이 물을 주는데도 소용이 없다. 자연의 소관을 인간이 어찌하리. 큰 피해 없이 태풍이 지나갔으면 좋겠다. 어째 걱정이 끊이질 않는다.

8.22
드디어 2학기 수업 시작됐다. 첫 시작은 남부평생학습관이다. 30명 정원에 31명 오셨다. 강의실에 열기 가득 찼다.

3.나는 왜 이 일을 하는가?

내 삶의 보물찾기

Mail이 처음 생겼을 때 다음(Daum) 플랫폼에 메일 계정을 만들었고 "고도원의 아침 편지"를 기다렸다. 아침마다 메일을 열면 나에게 온 멋진 문장 읽으며 하루의 시작을 활기차게 열었다. 고도원 작가님은 책을 읽으면서 필사하는 습관이 있었단다. 사실 너무 당연한 일이지 않은가.(그 많은 문장들이 매일 아침 하늘에서 뚝 떨어지진 않았겠지!) 나도 책 읽으며 노트에 메모를 했지만 고도원 작가님처럼 그걸 활용해 세상에 선한 영향력을 줄 생각은 하지 못했었다. 모아놓은 멋진 문장들을 아침마다 사람들에게 나눠주다니! 기가 막히게 멋진 일이 아닌가.

고도원 작가님처럼 좋은 문장을 열심히 모아서 보물처럼 쓰고 싶었다. 이후 여러 북클럽을 이끌며 끊임없이 책을 읽고 메모를 남겼다. 도서관 수업에 필요한 책들을 더 열심히 탐독하고 정리하면서 하루 24시간은 나를 성장시키는 일분일초가 돼 주었다. 이런 내 모습을 폴 오스터의 <빵 굽는 타자기>에서 발견했다.

"이제 와서 그때를 돌이켜보면 그 많은 책을 어떻게 다 읽었는지 알다가도 모를 일이다. 나는 벌컥벌컥 술잔을 비우듯 엄청나게 많은 책을 읽어냈고 아무리 읽어도 늘 책에 허기져 있었다. <중략> 두뇌에 불이라도 붙은 듯 책을 읽지 않으면 목숨이 꺼지기라도 할 듯 필사적으로 책을 읽었다. 한 작품은 다른 작품으로 이어졌고 세상사에 대한 생각은 다달이 바뀌었다."
-폴 오스터 <빵 굽는 타자기> p.40

지금도 나는 공공도서관에서 독서 선생님을 하고 있다. 책 읽고 필사하며 정리하는 습관이 내 삶을 여기까지 데려왔다. 삶을 열심히 닦고 다듬어 보석처럼 만들어보리라.

일에 대한 단상

 매일같이 보고 쓰고 생각하면서 내 속에 책이 쌓였다. 책 속 이야기가 아름다워 내 마음을 사로잡은 날도 많았고 책 속 지식이 유용하여 노트에 메모하는 시간들이 차곡차곡 쌓여 점점 두터워졌다. 나를 이끌어준 책 읽기. 나에게 책이 없었다면 지금 나는 어떤 사람이 되었을까. 책 읽으며 일도 했고 아이들도 키웠고 삶의 골목골목 어려운 미로를 잘 걸어 나올 수 있었다. 책이 주는 위안과 매력 앞에서 가슴 떨렸던 순간도 많았다. 책이 내 마음 한 구석에 들어와 나랑 같이 살고 있는 기분이 든다. 그 덕분에 도서관에서 수업하는 게 내 일이 되었다. 수업이 없는 시간에도 수업 자료 만들기 바쁘다. 다행히 나는 혼자서 일하는 걸 즐기는 타입이라 시간에 쫓기기는 해도 행복하게 매일매일 시지프스처럼 돌을 굴리며 하루하루를 보내고 있다. 그러다가도 영 일이 손에 잡히지 않는 순간이 올 때가 있고 그럴 때 보는 유튜브 영상이 있다.

 한평생 시장 한 모퉁이에서 삼천 원짜리 수제비를 뜨는 아주머니, 대학 앞에서 몇십 년 동안 천 원짜리 토스트를 만들어 파는 할머니, 새벽부터 스무 가지도 넘는 반찬을 혼자 만들어 밥상을 뚝딱 차려내는 할머니를 만나는 거다. 눈 깜짝할 사이에 그 많은 수제비를 만드는 손동작을 보면 뭉클해진다. 몇 시간을 엄청난 집중력으로 각양각색의 반찬을 만들어 차려놓은 먹음직스러운 밥상 또한 절로 탄성이 터진다. '여기까지 오시는데 얼마나 많은 시간을 보내셨을까? 저렇게 번 돈으로 자식들 뒷바라지 하셨겠지? 눈물 나는 돈이구나. 한평생 당신 자신을 위해 그 돈 한 푼 제대로 써 보셨을까?' 그런저런 생각을 하다 보면 영상도 끝난다. 마음이 아프면서도 진실한 삶을 살고 계신 분들께 존경의 맘을 보내게 된다. 그러고 나면 거짓말처럼 다시 컴퓨터 앞에 앉아 몰입하는 나를 만날 수 있다.

"자신의 밥그릇을 책임지려 노동하는 모든 사람은 추하지도 비뚤어지지도 타락하지도 않고 늠름하고 아름답다."
-공지영 <딸에게 주는 레시피> 중에서

언제까지 이 일을 할 수 있을지 모르겠지만 독서 수업 덕분에 진실한 삶을 살 수 있었다. 내 밥그릇을 스스로 채우기 위해 나 또한 늠름하게 여기까지 걸어왔다. 앞으로 독서 자료 열심히 만들어서 무료 배포하고 도움이 필요한 곳에 쓰일 수 있는 일을 계속할 거다.

별자리를 만들며

20년 이상 도서관에서 수업을 했고 수업해서 번 돈으로 대학원도 가고 지금까지 먹고살았다. 이 일을 이렇게 오래 할 거라고 전혀 예상하지 못했다. 돈이 필요하기도 했지만 정말 돈이 필요했으면 다른 일을 찾아야 했을 것이다. 도서관 수업만 고집하며 개인 수업도 하지 않았다. 도서관 수업으로 받는 강사료가 많을 수는 없다. 그리고 일정하지도 않다. 내 경우 도서관 수업을 오래 했기 때문에 한 달을 꽉꽉 채워 수업을 할 수는 있다. 그렇게 하면 직장인 월급이 나오겠지만 수업 준비가 그렇게 만만치 않다. 그리고 수업 후 꼭 강사 평가를 하기 때문에 아무렇게나 대충 수업을 할 수도 없어 늘 수업 생각으로 아침을 시작해서 밤 12시를 꼴딱 넘기는 생활을 반복할 수밖에 없었다. 고생스럽고 돈 벌기도 힘든 이 일을 나는 어떻게 이토록 오래 했을까 가끔 그 생각에 빠진다. 수업을 마치고 수강생들이 떠난 강의실에 남아 서류 정리며 컴퓨터 정리하다가 문득 창밖 풍경을 볼 때, 그 찰나가 아름다워서였을까? 그렇게 수업을 마치고 집으로 돌아오는 차 안에서 라디오를 듣거나 좋아하는 팟캐스트 방송을 들을 때면 정말 너무 행복하다. 세상이 이 보다 더 아름다울 수 없다.

나는 독서와 관련된 수업을 모으기 위해 늘 촉을 잔뜩 세우며 살아왔다. 세상 모든 것이 수업 자료가 됐다. 저녁을 먹다 본 뉴스, 신문에서 찾은 기사, 유튜브 영상, 책에서 찾은 보물 같은 이야기들 모두 내 수업 재료가 되었다. 그 재료들을 요리사가 요리를 만들어 내듯 파워 포인트에 담아내고 내 입말을 덧붙여 수업을 진행했다. 그 과정을 통해 나는 조금은 지혜로운 사람이 될 수 있었다. 코엘료의 <연금술사>의 주인공 산티아고처럼 자아의 신화를 완성하기 위해 떠도는 수도자가 된 기분이 든다. 이 순간 새삼 수업하는 즐거움을 느낀다. 언제나 읽고 있는 책이 있고 필요한 영상을 찾아들으며 내 별들을 만든다. 그렇게 만들어진 별들을 이어서 내 별자리를 하루하루 만들어가는 기쁨이 크고 깊다.

노트는 글의 냉장고며 텃밭이다

일 년 중 2월 달은 도서관 수업이 없어 가장 고요하게 책을 읽을 수 있는 달이면서 한편으로 새 학기 계획을 열심히 고민하는 달이다. 20년째 이 일을 하며 사니까 어느새 내 바이오 달력도 이에 맞춰서 돌아간다. 코로나가 아니었으면 여행도 다녀왔을 텐데 올해 2월은 집콕 생활이다. 그런데 내일 zoom으로 특강 수업이 하나 있다. 논산에 있는 남부 평생 학습관에서 주관하는 강의다. 충남 남부권역 특수학급과 지역아동센터에 재능기부를 하고 계시는 선생님들 스물다섯 분을 대상으로 하는 수업이다. 이분들은 학교나 지역아동센터에서 학생들에게 책 소개를 하시는 분들이란다. 그래서 나는 책 선택하는 방법과 학년별 추천도서 목록 그리고 재미있게 책을 소개하고 간단한 독후활동을 할 수 있는 방법을 준비하고 기다리고 있다. 참 이상한 건 무언가 계획을 짜려고 하면 머릿속이 하얗게 백지가 된다는 점이다. 마치 모임을 나가려고 옷장을 열었을 때 그동안 나는 무슨 옷을 입고 다녔던 건지 제대로 된 옷이 없는 것 같은 느낌말이다.

그럴 때 나는 그동안 메모해 놓은 노트를 펼쳐본다. 오, 나의 구세주! 읽은 책에서 얻은 문장이나 내 생각거리들을 발판 삼아 강의 재료를 요리하는 거다. 그러니까 내 노트들은 글의 냉장고 며 텃밭이다. 거기서 꺼내고 뜯어온 내용들을 가지고 강의 내용을 채운다. 그러다 보면 더 좋은 아이디어도 떠오르고 그 내용들은 다음을 위해 또 메모해 둔다. 그동안 모아둔 노트가 30권 이상 되는데 일없이 꺼내서 필사하던 그날을 떠올려본다. 어렴풋이 책 읽으며 메모하는 내 모습이 보이는 듯 그 순간이 아련하다. 나는 그렇게 살아왔다. 학교에서, 사람에게서 배운 바도 있지만 단연코 책 읽고 메모하고 수업하면서 점점 성장하게 되었다. 이런 삶이 없었다면 얼마나 보잘것없는 인간으로 남아 있었을까! 별다른 취미도 없는데 지금처럼 신나고 바쁜 삶을 살고 있다니 얼마나 다행인가.

메모하는 방법을 물어오는데 특별한 건 모르겠고 그저 꾸준히 적어놓고 그 노트를 이후 애지중지 살펴볼 뿐이다. 나는 책을 주

로 공공도서관에서 빌려서 보기 때문에 다 읽은 책은 반납해야 한다. 처음부터 그랬던 건 아니고 책을 모두 구입하는 게 의미 없다고 느꼈기 때문이다. 내가 사는 지역의 공공도서관이 얼마나 좋은지 모른다. 서비스 질도 계속 좋아져서 신간도서도 바로 받을 수 있고 책 소독기도 있어서 위생적이기도 하다. 무엇보다 도서관이라는 공간이 좋다. 그래서 나는 책을 빌려 읽게 되었고 오래도록 기억하기 위해 메모를 남겼다. 멋진 문장이나 가치판단이 필요한 주장들은 적어놓는다. 어떤 문장을 읽다가 내 경험담을 만나면 노트에 내 얘기도 쓴다. 페이지도 적고 메모한 날도 적는다. 가끔 전화받다 적을 게 있었는지 낙서 같이 휘갈겨 쓴 글씨도 남겨져 있다. 그런 노트가 나에게 있다는 게, 그게 뭐라고 참 행복하다.

종이 향기가 마음에 들었다.

어쩌다 내 손에 들어온 책들은 페이지가 거듭된 어느 순간 축포를 터트린다. 그 책들을 가슴에 품고픈 욕망에 사로잡혀 나를 일깨우는 문장들을 찾아 나선다. 노트 속에는 다 쓰여 있지 않지만 문장만 봐도 그날의 나를 모두 느낄 수 있게 해 준다. 가난을 이겨낼 수 있는 비밀통로를 찾는다면 바로 책이 이끄는 길을 걸어봐라. 이런 말이 누군가에겐 사치로 들릴지 모르지만 내가 걸어본 길이기에 말할 수 있다. 나는 힘들 때마다 책을 읽고 메모했다. 어린 시절 학교도서관은 폐지들의 무덤처럼 낡은 책들만 있었지만 나는 그 속에 파묻혀있길 원했다. 글자가 나인지 내가 글자인지, 난 그 몽롱한 시간 헤매기를 자처했다. 1970년대 초등학교를 다닌 나에게는 책이 많지 않았다. 물론 집에도 온전한 책이 없었는데 학교에서는 도서관 책장을 채우겠다며 집에 있는 책을 가져오라고 난리였다. 참 난감했던 어린 날의 기억들. 그렇게 모아진 책들로 채워진 학교 도서관 책들은 하나같이 겉장이 찢겨 있었다. 앞뒤 몇 장씩은 다 떨어져 나간 책들. 그래도 그 책들에서 풍기는 종이 향기가 마음에 들었다.

그날도 몇 페이지가 찢긴 어떤 책을 읽었다. 글씨는 깨알같이 작았고 세로로 써진 책이었지만 정말 재미있었다. 그러니까 어떤 마을에 채소 가게가 있었는데 외딴곳에 살고 있는 향초마녀가 온 것이다. 채소 가게의 잘생긴 아들은 정말 그러고 싶지 않았는데 마녀가 너무 많은 채소를 사는 바람에 배달까지 해 줘야 할 판이었다. 앗! 그때의 내 직감이란, 절대 따라가면 안 되는 거였다. 그러나 그때 도서관 문이 철컥 잠기는 소리가(실제 상황이다.) 났고 급해진 나는 있는 힘껏 문을 두드려 탈출에 성공했다. 아까시 향기가 내 코끝에 묻어 있는 어린 날의 짧은 추억이 아직도 생생하다. 이 책의 제목을 어른이 되어 알게 되었다. 마루벌에서 <난쟁이 코>로 번역되어 있었다. 이때부터인지 모르겠다. 어렵게 구해서 읽은 책이나 생각들을 오래 간직하고 싶은 소망이 들었다. 조선시대 사람들도 시집가는 딸에게 가족들이 이야기책을 필사해서 혼수단지에 보냈다지 않은가. 그 필사본 끝에 "아비 그리울 때 보아라."라고 세로로 쓰여진 글씨를 볼 때마다 가슴이 미어진다. 나도 내 마음이 허전하고 그리울 때마다 적고 또 적었다. 여전히 매일 짧은 일기를 쓰고 있다. 이 일기장에는 누구에게도 털어놓지 못한 내 고민이나 망설임들이 가득하다. 마치 일기장이 나의 수호천사 같다. 모든 걸 조용히 허락해 주는 책과 일기장의 페이지들, 종이 향기는 따뜻했다.

책 속 등장인물과 엘리스 먼로 작가님

 기백 있게 시작했던 일도 브레이크에 걸리면 바로 주저앉곤 했다. 이런저런 변명을 찾으며 포기를 하기도 했고 감정 표현도 서툴러서 특히 스스로를 못살게 굴었다. 그럴 때마다 책 속으로 숨어들었다. 세상과 단절하듯 <파이 이야기>를 읽었고, <죄와 벌>을 읽었다. <파이 이야기> 속에서는 어린 소년이 바다 한가운데 작은 배에서 호랑이와 함께 살 수밖에 없는 위기에 빠져 있었다. <죄와 벌> 속 로쟈는 돈만 밝히는 전당포 노파를 세상의 악으로 여기고 노파를 없애는 게 세상을 밝히는 일이라며 어떻게 할까 고민하며 상트페테르부르크 거리를 방황하고 있었다. 책 속 주인공들 사연에 빠지다 보면 깨닫게 된다. 잘 생각해 보자, 어렴풋 길이 보이기도 하겠다! 이런 과정을 통해 현실의 고통을 지닌 채로 살아가는 법을 깨닫게 되었고 실제로 마음도 단단해졌다. 책 읽는 것이 나를 구해주리라 믿었고 그 믿음은 사실이었다.

 고민을 해결해 줄 방안이 책 속에 직접적으로는 없지만 책 속 등장인물을 따라가며 스르륵 문제의 실타래가 풀리는 경험을 많이 할 수 있었다. 아마 책 읽기를 즐기시는 분들 모두 경험해 보셨으리라. 나는 특히 소설 읽기에서 힌트를 많이 얻었다. 재미까지 있어 책 읽는 동안은 현실의 고통을 잊을 수 있었다. 책을 읽으면서 등장인물의 선택에 대해 내 생각과 비교하며 비판도 하고 공감도 한다. 뿐만 아니라 소설가가 펼치는 현란한 문학적 표현들은 밤하늘의 별 같아서 눈으로 보고 따라 읽고 필사만 해도 마음속이 환해지는 기분이 든다. 이런 과정을 반복하다 현실로 돌아오면 내 문제들이 정리되고 좀 더 괜찮은 선택지를 손에 들고 걸어가는 나를 몇 번이나 목격했다. 책 속 등장인물을 따라가며 사는 것도 꽤나 괜찮은 해법이다.

이런 길 끝에 알게 된 작가님이 앨리스 먼로다. 캐나다 작가이신 앨리스 먼로는 팔십 평생 단편소설만 쓰셨다.(장편소설 쓰기는 시간과의 사투다.) 세 아이의 엄마로 이혼을 한 그녀로서는 선택의 여지가 없었을 것이다. 그는 자신이 젤 잘할 수 있는 단편소설 쓰기를 평생 쓴 것에 자부심 비슷한 감정을 갖고 계신 듯 보였다. 나는 그런 앨리스 먼로에 끌렸다. 내가 젤 잘할 수 있는 일, 그 일을 찾아 헤맨 시간들이 있었기 때문이다. 나는 무엇을 할까? 나에게 일의 목적이 돈이 아니었다는 점은 정말 감사하다. 난 정말 내 인생을 걸고 잘할 수 있으면서 행복한 일을 하고 싶었던 거다. 이래저래 기웃거리며 보낸 시간들이었다. 앨리스 먼로*)가 평생 단편소설을 썼듯이 나는 평생 도서관 수업을 하고 싶다.

---

*) 앨리스 먼로. 2012년 단편소설집 <디어 라이프> 발표하고 2013년 우리 시대의 체홉이라는 평을 받으며 2013년 노벨 문학상을 수상함.

잘하고 있는 걸까?

　도서관에서 만나는 많은 분들의 사랑을 받았다는 것도 내가 이 일을 오래 할 수 있었던 이유 중 하나다. 어찌 보면 나를 좋아하는 분들과만 잘 지냈는지 모르겠다. 이렇게 글을 쓰다 보니 혹시 나 때문에 마음 언짢았던 분은 아니 계셨는지 돌아보게 된다. 요즘 다시 유행하는 성격 검사 MBTI에 따르면 나는 무척 내성적인 사람이다. 어쩌다 수업 리더 역할을 하다 보니 나서야 할 때도 많았고 의견을 내야 할 때도 많았다. 그럴 때마다 적응하기 힘들었는데 서당 개 삼 년이면 어떻다더니 나 역시 무척이나 외향적인 사람으로 변모하게 됐다. 이런 성격의 변화가 싫지 않다. 어떨 땐 언니처럼 다정하게 또 어떨 땐 엄마처럼 따뜻하게 사람들을 다독거린다. 도서관에 가면 필요한 책만 살피고 돌아오기 일쑤였는데 이제는 책도 보고 반가운 얼굴들 만나러 도서관에 간다. 책을 좋아하고 사람과의 만남을 즐기는 분들이 오는 도서관. 그 안에는 놀라운 보물들이 들어있어 한 번 내게 들어온 인연을 소중하게 여기는 마음이 나에게 쌓여갔다.

　도서관에서 만난 분들과 이러저러한 동아리 모임을 많이 만들었다. 지금도 발 담그고 있는 독서 동아리가 많다. 코로나로 인해 동아리 활동이 주춤해졌지만 zoom이나 네이버 웨일온을 통해 비대면 모임을 이어가고 있다. 아침시간에 만나는 모임도 있지만 저녁에 모이는 만남도 있다. 시골에 사는 나는 어두워지기 전에 서둘러 집에 들어가는 편이다. 하지만 저녁 독서 모임은 특별하니 삶의 이벤트처럼 느껴진다. 주로 카페에 넓은 방을 예약해 놓고 이야기장을 펼친다. 맛있는 저녁도 먹고 향 좋은 커피 마시며 <랩걸>이나 <태고의 시간들> 책 이야기 나누는 게 얼마나 꿀맛인지 모른다. 책이 좋아서 독서동아리를 하는 사람들이 얼마나 될까 싶지만 생각 외로 책 읽는 삶을 실천하고 싶어 하시는 분들이 많다. 이런 동아리의 일 년 활동 내용은 아주 단순하다. 읽고 싶은 책을 제안하고 의견을 모아서 일 년 계획을 짠다. 대부분 열심히 읽어 오시고 소감을 나누고 타인의 의견에 공감한다. 때론 의견 차가 날 때도 있지만 그러면서 서로 배우는 시간을 갖는다.

이렇게 여러 독서 동아리를 운영하면서 문득 내가 진행하고 있는 방법이 잘하고 있는 건지 궁금해졌다. 다른 분들은 어떻게 하실까 알아보고 싶었는데 그즈음 유료 독서모임이 유행처럼 개설이 되던 때라 교보문고 합정점에서 하는 북클럽에 참여를 해봤다. 겨울방학을 이용해서 다녔는데 지혜로운 분들과 만나서 무척유익하고 소중한 시간을 보내고 왔다. 참여자 대부분이 이삼십대 젊은 분들이어서 진짜 너무 놀랐다. 억울하게도 내가 제일 연장자였다

독서클럽

 과연 내가 하고 있는 북클럽 운영은 잘되고 있는 건가 확인하고 싶었다. 하여, 교보문고 낭만서점에서 운영하는 독서클럽에 참가했다. 학기 중에는 시간이 여의치 않아 참가를 못하다가 겨울방학을 이용하여 참가했는데 기차 타고 오가는 시간도 무척 달콤했다. 기차에서 마시던 향 좋은 커피와 햇살 햇살들.

 독서동아리 운영 방법을 따로 배운 바 없었다. 셋만 모이면 독서클럽을 만들었던 오래된 습관은 내 삶의 정체성이 되었다. 그냥 활자중독자. 정말 그냥! 책 읽는 시간이 좋았다. 오늘도 도서관에 가서 책 여덟 권을 대출해 왔다. 주로 충남평교원*)을 이용하지만 여기에 없으면 충남학생교육문화원에 그래도 없으면 천안시 도서관을 검색한다. 그래도 없으면 아산도서관으로 그래도 그래도 없으면 예스24에서 방황하며 책을 구한다. 도서관 서가에서 서성거리는 일이 참 좋다. 내가 읽고 싶었던 책을 득템 하는 그 순간은 어쩌면 그 책을 읽을 때만큼이나 기쁘고 반갑다. 내 손에 읽고 싶은 책이 있다는 만족감을 대신할 즐거운 경험이

---

*) 충청남도 교육청 평생교육원이 정식 이름. 편의상 평교로 부른다.

또 어디에 있을까? 물론 갑자기 하늘에서 뚝딱 일확천금이 떨어져 내 신분이 바뀐다면 아! 그렇다면, 정말 그렇게 된다면 얘기는 달라지겠지만… 절대 그런 일은 일어나지 않을뿐더러 진심으로 그딴 일이 내게 일어나 삶이 흔들리지 않았으면 한다. 그러니 내 손에 들어온 그 책이 너무 소중해서 집에 얼른 가서 책을 펼치고 싶어 미칠 지경이다.

 하지만 혼자만 읽고 끝내기에 아쉬운 책들이 너무 많았다. 요즘엔 다행히 팟캐스트*)라는 플랫폼이 있어 그 아쉬움이 덜하지만 (독서 팟캐스트 너무 좋다. 특히 #다독다독 #낭만서점 #책이게 뭐라고 #책읽아웃 등등 내가 정말 사랑하는 방송이다.) 함께 모여서 읽은 느낌을 나눈다는 것! 참으로 유익하고 충만한 시간을 보낼 수 있다는 점에서 나에겐 더할 수 없이 필요한 활동이 바로 독서클럽이다. 이번 참에 독서클럽을 어떻게 운영하는지, 내가 잘하고 있는지 궁금해서 교보문고 합정점을 찾아갔다.

 허희평론가님과 허남웅 평론가님 그리고 팟캐스트 낭만서점 피디님이 주관을 하셨다. 30명 정도 참석을 했고 매주 25명 내외는 빠지지 않고 성실하게 나왔다. 참석자 대부분은 이삼십 대였고 내가 최고참이었다. 하하하~~ 물 흐리지 않으려고 늘 한 시간 전에 도착했고 간식을 준비했으며 책을 철저히 읽었지만 주로 경청하려 노력했다. 평론가 두 분이 정리해 주신 노트가 참 좋은데 이게 바로 이 독서클럽의 영업 비밀! 그리고 평론가님들의 책에 대한 분석이 어찌나 날카로운지 내 심장은 몇 번이나 박살이 났다. 여기서 결론을 말하자면 그동안 운영했던 나의 독서클럽은 제법 괜찮았다는 점. 물론 몇 가지 벤치마킹을 했고 그것을 반영하면(평론가의 노트가 좋았는데 그분들 영업 비밀을 여

*) 지금도 팟빵 어플에서 팟캐스트를 들을 수 있다.

기서 펼치기는 염치없는 일이다.) 지금보다 훨씬 알찬 독서클럽
이 탄생할 것이라는 확신이 생겼다.

교보문고 낭만서점
북클럽(2019.2)

하루키 씨

무라카미 하루키 책 두 권을 연달아 읽었다. 한 권은 <라오스에 대체 뭐가 있는데요?>라는 여행에세이다. 이 책은 몇 년 전에 재미있게 읽어 유구도서관 북클럽 선정도서로 정했다. 전에 읽었던 책이지만 북클럽을 생생하게 이끌기 위해서는 진도에 맞춰 다시 읽는 게 당연히 좋아 재독 했다. 하지만 뭔가 싱거워서 하루키의 다른 책 중에 <달리기를 말할 때 내가 하고 싶은 이야기>를 읽기 시작했다. 사실 이 책을 읽게 된 직접적인 계기는 유튜버 이연의 추천을 듣고 서다. 이연이라는 친구의 유튜브를 우연히 보게 된 후 지금도 종종 들어가서 구경을 하고 있다. 그림 그리는 기초를 알고 싶어 들어간 건데 그에게서 뜻하지 않게 '마음 다스리는 법'을 배우게 됐다. 아주 어린 친구지만 그의 말을 통해 내 현재 심리상태가 점검되고 용기를 얻게 되었다. 그가 소개한 책 중에 마침 하루키 책이 있어 읽기 시작했는데 처음부터 끝까지 책을 읽는 내내 기운이 났다. 하루키 씨는 오래도록 괜찮은 작품을 쓰는 소설가로 남기 위해 자기 관리가 필요했고 그래서 시작한 게 달리기였다. 그때 나이가 서른세 살이었다. 이후 매년 풀코스 마라톤에 도전하고 있는 하루키 씨. 그의 고백이 어느 부분 독서 인생을 살아온 내 이야기와 오버랩되었다.

무엇보다 기뻤던 것은 오늘의 레이스를 내가 진심으로 즐겼다는 사실이었다. 자잘한 실패도 많이 겪었다. 그렇지만 나 나름대로 전력을 다했고, 그 노력의 보상 같은 것이 아직도 몸속에 어렴풋이 남아있다.*)

문장마다 공감 돼 그의 말을 옮기면서 괄호 속엔 내 생각을 넣어봤다. 하루키 씨와 협업을 하다니 영광이다.

▶원문 → 고통스럽기 때문에 그 고통을 통과해 가는 것을 기꺼이 감수하는 것에서 자신이 살고 있다는 확실한 실감을, 적어도 그 한쪽 끝을, 우리는 그 과정에서 발견할 수 있는 것이다.

(책 읽는 게 신선놀음 같지만 목 디스크에, 허리는 뻐근하고, 눈 침침은 기본. 거기다 노트 필기 하다가 손가락 관절 다 나간다. 완독의 기쁨은 그 모든 고통을 뚫고 오랜 시간의 수고로 얻어진다.)

▶원문 → 적어도 노력했다는 사실은 남는다. 여기까지 질리지 않고 끈질기게 해 왔기 때문에 어쨌든 계속할 수 있는 한 해보려고 생각한다.

(하루키 씨는 칠십이 넘으셨던데 나도 그 나이까지 책 읽고 수업할 수 있을까? 오래오래 수업하고 싶다. 할 수 있는 한 계속할 거다.)

---

*) 무라카미 하루키. 달리기를 말할 때 내가 하고 싶은 이야기 9장에서

▶원문 → 나 같은 러너에게 중요한 것은 하나하나의 결승점을 내 다리로 확실하게 완주해 가는 것이다.

(나 같은 북 리더에게 중요한 것은 책 한 권 한 권의 완독을 내 온몸으로 읽고 연구해서 수업하는 거다.)

▶원문 → 혼신의 힘을 다했다. 참을 수 있는 한 참았다고 나 나름대로 납득하는 것에 있다. 거기에 있는 실패나 기쁨에서, 구체적인 -어떠한 사소한 것이라도 좋으니, 되도록 구체적으로- 교훈을 배워 나가는 것에 있다. **(이 문장은 하루키 씨와 같은 마음이니까 소리 내 씩씩하게 읽으면 된다.)**

이렇게 따라 써보니 더욱 명확하게 내 길이 보인다. 나를 원하는 곳에서 오래도록 수업하기 위해 지금까지처럼 앞으로도 읽어나갈 것! 할 수 있다. 북 리더의 몸매(러너의 몸매를 하루키 씨는 중요하게 여기신다.ㅎ)를 갖추고 오래오래 행복한 책읽기와 수업을 할 거다. 정말 그럴 수 있을지 기대된다. 이 책을 읽고 달리기를 시작했다. 조만간 마라톤 대회 10Km 코스에 도전할 거다. 도전!!!

5분 스피치

  고등학교 1학년 때 국어 선생님이 첫 시간 들어오시더니 매 수업 시작 전에 5분 스피치를 할 테니 번호 순서대로 준비하라 하셨다. 생전 처음 듣는 말, 5분 스피치! 내가 다닌 고등학교는 선교사들이 세운 기독교 학교였고 집에서 거리가 멀어 하필 이 학교로 배정 받았을까 속상해하기도 했다. 기독교 학교라 기도를 돌아가면서 수시로 하게 됐는데 나처럼 교회생활을 모르는 사람은 도대체 기도문을 어떻게 말해야 하는지 난감했다. 교회 다니는 친구에게 물어보니 그날에 어울리는 성경 구절도 하나 넣고 우리 반 전체를 도와달라는 말 같은 걸 넣고 마지막은 주 예수 그리스도의 이름으로 기도합니다 아멘! 이러면 된다는 거다. 아~~ 이 정도야, 원래 책 뒤적이는 거 좋아했던 나는 친구 조언을 따라 기도에 쓸 성경 구절을 찾아 헤맸다. 그런데 성경 속 말씀들이 얼마나 좋은지 그리스도의 매력에 빠지게 됐다.(여기까지 보시고 제가 여전히 교회를 다닌다고 생각하시면 오해십니다.) 기도문에 넣으려고 날씨도 살피고 친구들 얘기도 귀담아듣게 됐다. 지금 돌아보면 짧은 기도문 쓰기 효과가 정말 엄청난 거였다. 어쩌다 보니 이야기가 옆길로 샜지만 아무튼 국어 시간에 5

분 스피치를 시작하게 되었다. 다행히 번호가 뒤쪽이라 친구들 시범을 먼저 보게 됐는데 진짜 너무너무 웃겼다. 교탁 앞에 서서 몸을 베베 꼬는 베베도넛 유형, 혓바닥만 날름거리는 개구리 파, 본인도 무슨 말을 하는지 모르는 횡설수설 파, 거기에 노래라도 부르겠다는 흥부자까지 유형도 다양했다. 그 모습을 보면서 최소한 나가서 베베 꼬지는 말자! 혓바닥은 내밀면 안 되겠고 정확한 발음으로 내가 하고픈 이야기를 해 보자. 그런데 무슨 얘기를 할까?

마침 주말에 큰 외가댁에 갔다. 우리 외할아버지가 일본 유학까지 다녀오신 분이라 외가댁에는 책이 많았다. 그 책장에서 한 권을 꺼내 들었는데 <빛과 생명의 안식처>라는 안병욱 교수님의 책이었다. 어떤 내용인가 펼쳤더니 재미있는 우화를 소개하기도 하고 그 이야기가 오늘 우리에게 어떤 암시를 주고 있는지 알려주는 에세이였다. 지금 찾아보니 그 당시 파란을 일으킨 베스트셀러였다. 고등학생이 읽기에도 어렵지 않고 문장들은 빛나서 페이지를 넘길 때마다 마음속이 환해지는 기분이 들었다. 후루룩 볼 생각이었는데 한나절을 책장에 기대, 시간 가는 줄도 모르고 읽었다. 그리고 책 내용을 요약해서 5분 스피치에 써야겠다고 생각했다. 빈 종이에 메모를 시작하고 몇 개의 에피소드를 어떻게 이을까 고민했다. 40년 전 기억이라 정확하진 않지만 '행복의 파랑새는 내 안에 있다'는 주제로 정했던 거 같다. 어떻게 처음과 끝을 말하고 정리할까 고민하면서 원고를 썼고 연습을 했다. 발표 잘했냐고? 물론이다. 국어선생님은 물론 친구들도 박수를 아끼지 않았다. 5분 스피치라는 짧은 경험을 통해 배운 게 있었다. 타인과 소통하는 방법도 5분 스피치와 다르지 않다. 생각을 명확히 말하는 방법을 알게 됐고 말하면서 대중의 반응을 살피며 내 말에 귀 기울이는 친구에게 눈도 맞춰야 한다는 걸 자연스럽게 알게 됐다.

 도서관 수업을 하며 그날의 5분 스피치를 가끔 떠올려본다. 참
좋은 기획이다 싶어 수업에 몇 번 넣어보기도 했다. 친구들은 처
음에는 어려워하지만 금방 자기만의 방식을 찾아서 발표했다. 요
건 고등학생들과 함께한 조정래 아리랑 읽기에서 실제 해 본 방
식이다. 발표를 하면 할수록 말하기나 글쓰기 능력이 점점 좋아
졌고 친구들의 자존감도 쑥쑥 올라갔다.

밑줄 치기

한 권의 책을 어떻게 읽으면 될까? 책을 읽으라고만 들었지 어떻게 읽어야 하는지에 대해 배운 바 없다. 요즘은 오디오북으로 책을 듣는 경우도 많은데 내 경우 이렇게 듣기만 해서는 한계가 있었다. 들을 땐 감동도 받고 이해도 되는데 다 듣고 나면 뭘 들었는지 순서도 헷갈리고 내 생각을 풀어내기가 힘들었다. 이럴 때 나는 노트를 펼치고 2배속으로 다시 들으며 메모를 해야 비로소 생각 정리가 되었다. 이건 내 경우가 그렇다는 거다. 종이 책을 볼 때도 눈으로만 읽으면 감동을 실컷 받고도 막상 책을 덮었을 때 역시 같은 현상이 일어난다. 그래서 대여한 책이 아니고 내가 구입한 책일 경우 밑줄을 치면서 여백에 생각을 적으며 읽는다. 도서관 책인 경우 노트에 메모하면서 읽어나가야 그 책을 덮은 후에 한마디라도 제대로 정리할 수 있다.

그럼 어디에 밑줄을 쳐야 하는가? 오래전 고도원의 아침 편지를 받아보신 분들은 매일 mail로 고도원 작가님이 보내준 책 속 멋진 문장을 받아봤을 것이다. 그분은 책을 읽고 멋진 문장들을 꼼꼼하게 기록해 놓았고 메일이 전 국민에게 일반화 되었을 때 그동안 모아놓은 책 속 멋진 문장으로 아침 편지를 보냈다. 나도 작가님처럼 다른 사람에게 읽어주고 싶은 문장을 만나면 밑줄을 친다. 표현이 무척 재미있을 때도 밑줄을 친다. 오랫동안 기억하고 싶다는 내 마음의 소리가 들리는 문장에도 밑줄을 친다. 밑줄 옆 여백에는 짧은 내 생각도 적어 놓고 키워드를 적어 놓기도 한다. 이렇게 밑줄을 쳐 놓으면 먼 훗날 이 책을 다시 펼쳤을 때 그 밑줄만 따라 읽어도 책의 여운을 다시 누릴 수 있다. 그런데 밑줄 치라 했더니 모든 페이지 모든 문장에 밑줄이 한 가득이면 이 또한 의미가 없다. 그래서 밑줄은 전체 문장의 30% 이내인 것이 좋다. 물론 어떤 책은 전체를 밑줄 쳐야겠다며 감동의 물결을 주체하지 못하는데 그럴 경우에도 좀 더 멋진 문장을 선별해서 밑줄을 치면 된다. 문단 전체를 기억하고 싶으면 밑줄 대신 「」 요런 표시를 해 놓는다.

책에 밑줄이나 메모를 할 때 연필을 이용한다. 그리고 되도록 자를 사용해서 밑줄 치려고 한다. 간혹 볼펜으로 삐뚤빼뚤 밑줄 쳐 놓은 책을 보면 마음이 불편해진다. 책에 대한 예의라고 생각한다면 너무 오버하는 건가? 그리고 또 어디에 밑줄 치면 좋을까? 핵심 어휘가 있거나 주제를 표현한 중요한 문장 역시 밑줄을 부르는 문장이다. 토론을 하고픈 문장도 밑줄을 치고 책 여백에 토론 주제를 적어놓으면 이후 책 활용할 때 큰 도움을 받을 수 있다. 밑줄 치기 만으로도 책과의 만남이 특별해지고 책과 이야기 하는 기분이 든다.

어린이들은 책 읽으며 밑줄만 쳐도 성공이다. 책을 제대로 읽는 방법 중 하나가 바로 밑줄 치기다. 우리 어렸을 때는 교과서도 일 년 쓰면 동생들에게 물려줘야 해서 책을 깨끗하게 보라는 교육을 받았다. 우리 아버지는 책에 밑줄치고 메모 남기는 나에게 말씀하셨다. "공부 못하는 애가 책을 더럽게 보는 거다" 그때 얼마나 억울했는지 모른다. 하지만 세상은 변했고 책은 넘쳐난다. 요즘 친구들은 후루룩 책을 읽어서 정말 제대로 책의 재미를 느끼고 있는 건지 마음이 조마조마하다. 책에 밑줄도 치고 그림도 그리고 일기도 써놓는다면 얼마나 재미나고 행복한지 우리 친구들이 알았음 하는 맘이다. 키다리 아저씨의 주디처럼 말이다.

줌 수업 어렵나요?

코로나! 프리랜서인 나에게 코로나는 지대한 영향을 주고 말았다. 대면 수업을 못하니 무엇이라도 해야겠다 싶어 같은 책을 읽고 카톡방에 모여 댓글 베틀을 벌이기도 했다. 얼마나 치열하게 댓글을 썼는지 핸드폰 펜이 구부러지고 말았다. 그러다 구글미트나 네이버 웨일온을 알게 되었고 zoom을 무료로 쓸 수 있게 됐다. 용기백배 zoom 수업을 하기로 약속한 2020년 9월이 다가왔다. 어디서도 배워본 적 없는 zoom으로 강의를 듣는 것도 아니고 강의를 하다니!! 그런데 이게 탈이었다. 심약한 나는 줌 강의를 앞둔 전 날, 한숨도 잠을 못 잤다. 그리고 심장이 얼마나 벌렁거리는지 가만히 누워있어도 몸 전체가 들썩거리며 식은땀이 났다. 이런 게 말로만 듣던 공황장애? 사실 그때는 증상이 정말 심각해서 큰 병이 났구나 정말로 걱정이 태산 같았다. 그리고 내 심장이 벌렁거리는 걸 갱년기 증상이나 심장병으로 여겼다. 수업 준비는 고사하고 컴퓨터 앞에 앉아 있기도 힘든 지경이었다. 더구나 줌 첫 수업이라고 도서관 사서쌤들이 들어오시고 수강생들도 하나둘 비디오를 켰다. 그날 나는 수업을 어떻게 했는지 기억나지도 않는다. 세상에 태어나 여러 번 아팠지만 이런 종류의 고통은 처음이었다. 수업이 끝나자마자 바로 병원으로 향했다. 병원에서 이런저런 검사를 오후 내내 하고 심장 박동을 24시간 체크하는 기계를 몸에 장착하고 집으로 돌아왔다. 원인을 알 수 없어 약 처방도 받지 못해 그 밤도 내내 뛰는 가슴을 부여잡고 밤을 새워야 했다. 얼마나 쓸쓸하고 힘들었는지, 이 고통을 누구와도 나눌 수 없었다. 그리고 다음날 심장박동 체크기를 반납하러 갔고 결과 분석은 또 2-3일 걸린다는 거다. 역시 약 처방도 못 받고 병원을 나오는데 바로 앞에 약국이 보였다. 그래 약국!! 내 상황을 얘기하고 이럴 때 뭘 먹으면 좋겠냐 간절한 맘으로 여쭤봤다. 난감하기는 약사님도 마찬가지. 그때 옆에 할머니가 우황청심환이라도 먹으라고 힘도 안 들이고 말씀하시는 게 아닌가! 당장 우황청심환 한 병을 들이켰다. 그런데 이게 무슨 일인가? 며칠 밤 뛰던 가슴이 한 방울 두 방울 우황청심환이 내려갈 때마다 진정되는 느낌. 진짜다.

이렇게 글로 쓰니 콩트 같지만 그때 나는 너무 고통스러웠고 가슴만 뛰지 않는다면 행복을 얻을 수 있을 거 같았다. 이후 알았다. 줌 수업을 앞두고 걱정이 심했다고! 코로나 상황에 우왕좌왕할 뿐이고 유튜브에 줌 수업 설명도 피부에 와닿지 않았다. 그렇게 나를 괴롭혔던 줌! 그렇게 시작한 줌 수업 덕분에 나는 충남 각 도서관에서 zoom수업을 해달라는 러브 콜을 매일매일 받을 수 있었다.

비대면 줌 수업이 아쉬운 점도 있지만 매력도 많았다. 그동안 줌 수업을 하며 얻은 수업 팁은 다음과 같다.

▶수업 전에 단체 카톡방을 만든다. 이건 대면 수업일 때도 늘 하는 거지만 줌 수업일 때 더욱 필요하다. 되풀이 회의 만들어서

줌 링크를 공지로 올려놓는다.

▶수업 전에 zoom 테스트 시간을 갖는다. 소리는 잘 나오는지, 실명으로 이름 바꾸는 법, 화면은 잘 나오는지, 채팅은 어떻게 하는지 방법을 알려주고 직접 해본다. 하지만 지금은 이런 과정을 할 필요가 없다. 다른 나라 사람들은 어떤지 모르지만 내가 만난 우리나라 학습자들은 zoom 환경에 바로 적응하셨다.

▶카메라는 되도록 켜 놓도록 부탁한다. 그렇지 않으면 집중력이 떨어져 공허한 메아리가 될 수 있다. 하지만 예민한 사춘기 친구들은 카메라 켜는 걸 무척 싫어한다. 이런 경우 채팅창 활용을 많이 한다. 그렇게라도 해야 수업에 참여해서 남는 게 있다.

 ▶예상 보다 수업이 빨리 끝날 때가 있다. 이럴 경우 어떻게 할지를 미리 준비해놔야 한다. 이건 대면 수업도 마찬가지다. 내 경우 수업 정리를 다시 하거나 퀴즈로 질문을 내기도 한다. 줌 화면 상단에 주석달기 기능이 있어 학습자도 글씨를 쓸 수 있다. 시간이 생각보다 많이 남았을 때는 관련 영상을 보거나 소감 나누기도 한다.

 ▶zoom 수업에 사용할 기본 자료는 파워포인트로 만든다. 그리고 중요한 내용을 정리한 별도의 영상을 준비해 놓는다. 수업에 함께 보기도 하지만 단체 카카오 톡방에 참고 영상으로 공유도 해놓는다.

 ▶대면 수업도 마찬가지지만 줌 수업을 이끄는 강사는 학습자를 우리 집에 온 손님처럼 정성껏 다정하게 맞아야 한다. 부드러

운 분위기를 만들 의무가 있고 내 수업을 듣고 조금이라도 도움을 얻을 수 있도록 책임감을 갖고 준비해야 한다.

쓰다 보니 줌 수업과 대면 수업이 다를 게 없다. 많은 말을 썼지만 결국 직접 도전해서 줌 수업을 해 보면 알 수 있다. 부딪히며 배우고 그러면서 발전하는 건 zoom 수업도 마찬가지 같다.

출석관리 방법

 첫 수업이 시작되기 전에 단체 카톡방을 만들어 수강생들과 미리 소통을 시작한다. 카톡으로 인사를 나눴기 때문에 첫 수업도 낯설지 않고 수강생들 이름도 대략 기억할 수 있다. 늘 톡으로 안부를 묻고 질문에 답하고 다음 수업에 대해 이야기 한다. 확실히 카톡방 소통은 유용하다. 수업 시간에 미처 하지 못한 이야기를 나누며 서로에 대해 알아가고 친해질 수 있다. 책을 좋아하는 분들이라 그런 건지 수업에 오시는 분들 마음도 곱고 지적이시다. 그리고 매 수업 수강생 한 분 한 분 인상 깊었던 에피소드를 기록해 놓고 다음 주에 그 일은 어떻게 됐는지 대화 소재로도 쓰고 친밀감도 표한다. 이런 작은 배려는 사람의 마음을 열게 하는 힘을 발휘할 수 있다.

 어떤 수업이든 중요하게 여기는 게 있다. 바로 수업결과물 남기기! 함께 읽은 책이 있다면 독후활동 자료를 만들기도 하고 학생들 수업이면 카톡방에 600자 내외 수업 후기를 남기는 글쓰기를 한다. 한 학기 수업이 끝나고 결과물만 봐도 분명 발전했음을 인지할 수 있다. 그 시간이 헛되지 않았음을 보여주는 증명서들. 미래자서전쓰기에는 문집으로 글을 묶었고 어린이독서지도 양성과정에서는 독후활동자료를 계속 만들어 업데이트했고 고등학생들과 함께 읽은 아리랑 읽기는 자랑스러운 노트가 남았다.

어떤 일이든 쉬운 일 없겠지만 도서관 수업을 진행하는 것 역시 어려운 점이 한둘이 아니다. 출석관리 정말 중요하다. 무료수업이다 보니 여차하면 1순위에서 밀리기 쉽다. 그러니 수업에 빠질 수 없게 여러 장치를 만들어야 한다. 코로나 전에는 어린이 수업에 꼭 간단한 간식을 준비했다. 아이들과 친해지는 공공연한 비밀 아닌 비법, 간식! 여기 키포인트는 간식의 냄새다! 그중 최고는 밤이나 고구마, 빵 굽기! 준비해야 할 게 많다는 게 함정이지만! 고구마 익어갈 때까지 독후감을 쓰게도 했고 핫케이크 만들고 레시피 쓰기와 일기를 쓰게 하기도 했다.

수업 전 날엔 내일 수업 안내를 했고 나는 언제나 일찍 강의실에 가서 아이들을 환대할 준비를 했다. 이런 소소한 준비들이 모여 한 학기 출석을 최고치로 이끌 수 있다. 그리고 어른들 수업은 쓸모 있는 무언가가 있어야 끝까지 빠지지 않고 출석한다. 수업을 듣고 남는 게 없다면 금쪽같은 시간을 들여 참여하지 않는다. 그래서 고민을 거듭하고 이런저런 시도를 끊임없이 하고 있다. 결국 수업은 나를 제일 많이 괴롭히면서 동시에 조련을 시켰다. 기꺼이 그 고통을 받아들이고 좀 더 괜찮은 수업의 길은 무엇인지 늘 고민하는 하루가 이제는 친숙하다. 결국 그런 고민들 때문에 도서관 서가를 서성거리게 된다. 요즘 독서 세계는 어떤 책들이 인기인지, 내 고민을 해결해 줄 책은 어디 있을까 이 책 저 책 펼쳐보고 빌려온다. 그러다 옆길로 새서 인기 있는 소설이라도 빌려오는 날엔 당분간 폭망이다. 그 소설이 끝나야 다른 책을 읽을 거니까. 그래도 좋다. 어떤 책이든 읽고 후회한 적은 없었으니까. 또 옆길로 샜는데 무튼 도서관 수업에 출결관리는 몹시 중요하다. 하여, 등록해놓고 열심히 안 나오는 분들 밉다. 유감이다. 오지마라 하하하하하하

값진 일

'자신의 문화에 대한 명료한 이해가 없을 경우 어떤 정점에 오르든 고독하게 살게 되고 어떤 길을 걷든 막다른 골목에 이르게 된다'는 토니 모리슨의 말 앞에 멈춰섰다. 문장 속 '자신의 문화'를 '내 삶'으로 바꿔 읽어본다. 내 삶에 대한 명료한 이해를 하고 있다면 고독으로부터도 비켜설 수 있고 막다른 골목일지라도 절망하지 않을 것이다. 아주 우연히 도서관과 인연을 맺어 도서관의 경계인으로 20년을 살아왔다. 특별한 재주는 없었고 다만 충실한 책임감과 일하고자 하는 욕구로 오늘까지 왔다. 도서관에서는 이제 나같이 나이 든 강사를 쓰고 싶어 하지 않을 것이다. 젊고 능력 있는 사람들이 많기 때문이다. 더 이상 인싸가 아니라는 초조한 마음이 큰 거 같다. 20년 동안 뭘 했는지 자기 비하하고 싶지 않다. 아이를 키우면서 가정을 알뜰하게 돌보고 싶었다. 그러면서 내가 잘할 수 있는 일을 찾아 성심성의껏 일해왔다. 성과를 낼 수 있는 그 이상의 일을 할 여유가 나에겐 없었다. 아니 능력이 부족했던 거다. 하지만 그런 나를 비난할 수 없다. 더구나 내가 나 스스로에게 그럴 수는 없다. 왜냐면 최선을 다해 살았다는 걸 최소한 나는 알기 때문이다.

이번 겨울 내내 그동안 기록해 놓은 노트를 펼쳐 20년 동안의 나를 줄곧 붙잡고 있었다. 나는 그동안 이렇게 살아왔구나! 기록해 둔 노트를 넘기면서 20년 동안 바뀌고 변해간 나를 만났다. 살기 바빠 아등바등 지냈지만 내 지난 시절들을 돌아보면서 지금까지 단단하게 살아온 나에게 위로를 보내고 싶어졌다. 설혹 다시 막다른 골목에 다다른다 해도 쉽게 포기하거나 절망하지 않을 거라는 신념도 생겼다. 이번 겨울은 여행을 떠나지 못했지만 나를 만나는 의미 있는 시간이었다. 앨리스 먼로나 토니 모리슨에게 삶의 강력한 무기가 글쓰기였다면 나에겐 도서관 수업이 그랬다. 도서관 수업을 할 때 근심도 잊고 또 다른 캐릭터가 되어 강의실을 뛰어다녔다. 집에 돌아와서 저녁밥을 준비하면서도 마음 한쪽에 내일 수업 생각이 자리 잡고 있었다. 도서관 수업 준비물 챙겨놓고 하루를 마무리했던 나의 그 시간들이 하루하루 켜켜이 쌓였다.

도서관에서 만난 어린이들이 나를 통해 행복한 책 추억을 쌓았으며 아이를 키우다 경력이 단절되신 분들은 나를 만나 독서 수업을 하시게 됐다. 그분들을 보는 것만큼 값진 일도 없을 것이다.

가을 일기

9.4
밤새 가을을 재촉하는 비가 내렸는데 오늘 아침은 거짓말 같이 반짝이며 빛나는 햇살! 하늘 가득 맑음이다. 9,10,11월은 거의 매일 수업이 있다. 아름다운 계절에 바쁜 게 유감이지만 시간 쪼개며 알차게 지낼 수 있다. 컨디션 관리도 잘해야겠다.

9.7
흐린 가을 하늘에서 햇살이 나오려 한다. 구름도 예쁘고 이런 가을, 사랑스럽다.

9.17
일 년 중 가장 아름다운 계절로 접어들었다. 어제 비가 내려 오늘 하늘은 훨씬 선명하고 높다. 이런 날은 집안에만 있기 아깝다. 데크에 나와 랩걸(347쪽 읽는 중) 펼쳐 놓고 커피 마시고 있다. 정말 눈부시게 맑은 날이다. 이런 날씨는 사진에 담기 힘들다. 어떻게 찍어도 다 담지 못한다. 내 눈과 마음과 머리로 기억할 수밖에.

9.19
길 위의 인문학 활동지랑 수업 파워포인트 자료 모두 완성했다. 온종일 고민(실은 그전부터 고민을 거듭)했고 어쨌든 완성했다. 와~ 브리꼴라쥬(bricolage)*) 능력짱이다.

---

*) 브리꼴라쥬(bricolage)는 뜯어 맞추는 미술 기법

밀린 빨래 세탁기 돌리려 보니 팡이 빨래가 젤 많다. 마당 샘터에서 애벌빨래했다. 잠깐 빨래하는 사이 아디다스 모기한테 테러를 당했다. 무려 15방! 빨래 끝나자마자 바로 사살에 들어갔다. 세 놈 잡았는데 엄청 크다. 파린 줄 알았다.

9.29
토요일, 아리랑 수업 휴강으로 중학생 동아리 수업만 하고 왔는데 평생학습 축제 의견 조율로 마음이 조금 복잡했다. 집에 오자마자 칭다오 맥주 마시며 다 그런 거야 그러면서 스스로 위로했다.

10.4
드림학교 수업을 마치고 교보문고에 갔다. 새로 나온 책들 보는 재미가 있다. 코너마다 요즘 시대 경향이 드러난다.

#나혼자벌어서산다 #1인가족 #전원생활 등 트렌드를 살필 수 있었다. 내 눈에 띈 세 권의 책은 이렇다.

-<오늘의 좋아하는 것들> 그림도 예뻐서 구매 욕구를 부추겼다.
-<책꽂이 투쟁기>
-마당과 다락방이 있는 단독주택에 살며 쓴 그림에세이
 <단독주택에 살고 있습니다.>

내 삶과 비슷한 책에 시선이 가는 모양이다. 교보문고 테이블에 앉아 30분 정도 정신없이 글도 쓰다 왔다.

10.11

<어린 왕자>를 황현산 선생님 번역으로 다시 읽고 있다. 열린 책들 책이 삽화도 번역도 좋다. 어린 시절 읽었던 기억들이 떠오르며 추억에 빠진다. 그런 책 중 하나가 <녹색의 집>이다. 인터넷 검색 해 봤는데 책 구하기는 어려울 거 같다. 이 책을 기억하는 사람들이 있어서 기뻤다. 1978년 발행된 책이다.

10.23

아산도서관에서 회의를 하고 있는 중에 카톡이 들어왔다. 아들이 최종 합격해서 조만간 발령이 난다는 메시지였다. 내 어깨의 무거운 짐이 걷어지며 강렬한 감동이 몰려왔다. 아들 축하한다.

11.9

다운로드해놓고 못 본 영화 <미드나잇 인 파리>를 봤다. 김연수 작가의 <소설가의 일>에 언급된 영화라 보고 싶었다. 우디 앨런의 영화였다. 파리 풍경이 압권이고 특히 비 오는 날의 파리를 예찬하고 있다. 1920년대 스콧 피츠제럴드, 헤밍웨이, 달리, 피카소까지 다 나온다. 이런데도 허무맹랑한 느낌 없이 영리하게 만들었다.

11.11

네이버 밴드에 <시민 불복종>을 세 파트로 나눠 댓글 달기를 했다. 회원들도 잘 따라주셔 댓글이 풍성해졌다. 작년에 읽은 <월든> 보다, 짧은 이 글이 훨씬 소로우의 정체성을 보여주는 거 같다. 19세기에 21세기 정신으로 살았던 헨리 데이비드 소로우! 그의 정신세계를 닮고 싶다.

11.17

토요일마다 수업을 했다. 도서관은 주말이 바쁠 수밖에 없다. 더구나 나 같은 프리랜서는 토요일 수업을 안 할 수 없다. 그러다 보니 거의 20년 토요일을 바쁘게 살았다. 올해로 토요일 수업은 끝내려 한다. 토요일의 여유를 이제 누리겠구나 생각하니 기쁘면서도 왠지 마음이 찡해서 돌아오는 길 운전하는데 눈물이 났다. 잘 걸어왔다. 이제 토요일은 쉬자!

11.18

플라톤 대화편을 읽었다. 천병희 교수님 번역으로 읽었다. 각 대화편이 결코 길지 않았지만 쉽지도 않았다. 다 이해 못 했다. 그래도 가장 좋았던 건 향연과 소크라테스 변론이다.(변명이 아니다!) 소크라테스가 죽음을 선택한 것도 멋있고 마지막 한 말도 여러 해석의 여지를 남겨 놓아 여운도 오래갔다. 2500년 전 이야기를 만나는 즐거운 여행이었다.

11.23

드림학교 수업 가면서 알밤이랑 레몬차를 준비해 갔다. 우리 친구들은 알밤 고구마 약밥 이런 걸 진짜 잘 먹는다. 날씨 쌀쌀하니 보온병에 담아 간 레몬차도 맛있게 먹었다. 따뜻한 간식이 그리운 시간이니 더 그렇다. 다음 주는 벌써 종강이다. 고등학교 1학년 반 친구들과 매 시간 행복했다. 마지막 수업을 어떻게 특별하게 만들까 고민해 본다.

11.26

영주가 선물해 준 홍차(패션프루트)가 너무 맛있다. 진하게 우려 놓고 어제 읽은 <경애의 마음> 노트 정리를 했다. 이야기 전개는 새로울 게 없었지만 문장마다 따뜻했다.

"그렇게 세계를 스스로 건너갔다고 생각하는 사람의 얼굴에는...
(중략) 압도할 정도로 큰 여름 달 같은 환함이 있었다." p.225

이 문장에는 오타도 있고 문맥도 어색하지만 난 충분히 느꼈고
위로도 받았다.

박지영 선생님이 선물로 그려주신 우리 집 풍경

4.도서관 프리랜서의 시골에서 책 읽기

우리 아이와 같은 책을 읽으며

엄마의 책읽기는 아이의 성장 단계를 따르게 마련이다. 아이가 어렸을 땐 그림책을, 초등학교 입학하면 어린이 창작동화나 판타지로 파도를 탄다. 그러다 중 고등학생이 되면 성장소설로 시선이 옮겨가고 대학생이 되면 그야말로 종횡무진 인문서, 세계 문학, 자기계발서 종류를 가리지 않고 읽게 되는데 그 길을 바로 내가 걸어왔다. 초중등 도서는 아이들 성장에 따라 읽다가 이후엔 잘 안 읽게 되지만 여기서 그림책은 예외다. 그림책은 언제 어디서 읽어도 재미와 감동을 주는 깜찍한 책이다. 우리나라 그림책도 좋지만 아주 멀리서 날아온 외국의 그림책은 먼 나라에서 여행을 온 손님처럼 느껴지곤 한다. 그리고 우리 아이들 어렸을 땐 있지도 않았던 근사한 그림책들이 아주 많이 매일매일 소개되고 있어 도서관 가면 그림책 신간 코너를 서성이며 책 쇼핑을 하게 된다. 신선한 책 향기!

이제 성인이 된 우리 아이들은 자기들 책 세계가 있어 엄마의 독서에 큰 관심이 없다. 그러나 아이들이 어렸을 때는 엄마가 어떤 책을 읽는지 무척 관심이 많았다. 나는 책 수업을 했기에 엄마의 책상 위에는 늘 책이 넘쳤다. 나는 아이들에게 책 읽으라는 소리를 하지 않았지만 우리 아이들 마음속에 책을 읽어야 한다는 생각을 품게 하려고 노력했다. 참 다행인 것은 그땐 스마트폰이 보급되기 전이라 기껏해야 컴퓨터 게임 유혹이 전부였다. 저녁을 일찍 해결하고 논스톱이라는 시트콤 한 편 보고 거실에 모여 나는 수업 준비하고 애들은 숙제도 하고 책도 읽다가 잠들기를 반복했던 그 밤들이 새삼 그리워진다.

초등시절엔 원작이 있는 영화를 많이 봤다. 찰리와 초콜릿 공장, 마틸다, 샬롯의 거미줄, 나니아 연대기. 이중 딸의 마음을 사로잡은 것은 나니아 연대기였다. 책은 모두 일곱 권으로 되어 있는데 마지막 권 몇 쪽만 읽으면 끝나는 그 책을 부여잡고 이 책 다 읽으면 너무 아쉬울 거 같다는 말을 남겼다. 마치 어른들이 이 드라마 끝나면 뭔 재미로 사냐고 한탄하는 듯한 그 어조가 지금도 생생하다. 그리고 아들은 로알드 달의 작품에 재미를 느꼈고 이후 베르나르 베르베르를 좋아하는 소년이 되었다. 이때는 엄마인 나도 어린이 책을 많이 읽었다. 아스트리드 린드그렌 작가님의 삐삐 롱 스타킹, 산적의 딸 로냐, 사자 왕 형제의 모험 등 진짜 너무 재미있어 린드그렌 작가님 책은 내가 더 좋아했다. 햇살과 나무꾼이 번역한 세계 여러 나라 동화들 읽으면서 초등학생 우리 아이들과 행복해했다. 특히 초등 고학년에서 중학교로 넘어가는 시절, 딸과 아들은 책 읽기 전성시대를 보냈다.

비교적 시간도 여유로웠고 학업의 무게도 가벼웠을 뿐만 아니라 이제 책의 재미를 충분히 알고 있었기 때문에 가능했던 일이다. 그리고 엄마의 독서는 이미 이런 책들을 엄청 탐독하고 있었기에 우리 아이들이 읽기 딱 좋은 책들이 집에 늘 있었다. 사실이 시기에 대부분의 아이들은 독서와 이별하게 된다. 학원과 과외를 시작하는 시기이기 때문에 책 읽을 시간이 없다. 하지만 나는 그 시간에 책을 읽게 했다. 아이도 학원 가는 걸 즐거워하지 않았다. 결과적으로 우리 아이들은 그 시절을 천국으로 기억하고 있다. 가장 풍성하게 책 읽고 여유롭게 학교생활을 했으며 딸은 일본어를 좋아하게 돼 독학으로 터득했다. 하루키의 단편 중 번역되지 않은 작품 <스파게티의 해>를 우리말로 옮기기도 했다. 그 단편도 지금은 전문 번역가가 번역해서 하루키 단편 모음집으로 출간되어 있는데 좀 아쉬운 맘이 들었다. 딸의 이름으로 번역 됐으면 얼마나 좋았을까.

이런 모든 과정을 걸쳐 지금 나는 다시 그림책 세계를 걷고 있다. 깊은 우물 속 맑은 물을 두레박에 길어 올리는 기분으로 한 권 한 권 읽게 된다. 작가별로도 읽고 나라별로도 읽는다. 그림책과 인문 도서를 연결해 보는 건 내 특기다. 그러면 책과 책이 더 잘 이해되고 해석된다. 그림책은 어린이만 보는 책이 아니라 누구나 감동받을 수 있는 깊이 있는 책임을 다시금 느낀다. 매 수업 그림책을 소개하며 관련 고전도서와 연결하고 현재 진행되고 있는 사회현상을 논하고 있다. 예를 들면 주제사라마구의 <눈먼 자들의 도시>를 읽고 박정섭 작가님의 <감기 걸린 물고기>를 소개한다. 코로나 시대의 두려움과 그 속에 범람하는 유언비어들 그리고 그것에 대처하는 우리들 자세에 대해 논하는 시간을 가질 수 있다. 다소 무거울 수 있는 <눈먼 자들의 도시>와 위트 있는 <감기 걸린 물고기>가 만나니 둘의 궁합이 착착 맞았다.

일기쓰기

 청소를 하다가 아이들 일기장에 시선이 멈추면 하던 일도 잊고 앉아서 읽게 된다. 오래전 일들이 아이의 일기장에 고스란히 들어있다. 돌아보니 일기쓰기는 정말 대단한 거였다. 일기쓰기를 열심히 한 결과 우리 아이들은 스스로 색다른 노트들을 꾸준히 만들어갔다. 백과사전 노트만들기, 비전노트 만들기, 오답노트 만들기, 스터디플래너 쓰기로 자연스럽게 이어졌다. 누가 이런 노트를 만들라 숙제를 준적도 없다. 결국 일기쓰기는 주도적인 생활을 이끌어줬다.

 일기쓰기에 대한 힌트를 얻은 첫 책은 윤태규 선생님의 <일기쓰기 어떻게 시작할까>였다. 일기쓰기에 대한 고정관념을 모두 바꿔준 혁명적인 책이었다. 왜 일기쓰기가 실패할 수밖에 없는지 원인을 찾아 보여준다. 특히 일기를 잠자기 직전 쓰라고 하는 게 문제였다. 졸려 죽겠는데 일기쓰기가 제대로 되겠는가. 그리고 또 하나. 일기쓰기에서 오탈자를 지적하는 일 때문에 실패한다는 말씀은 지금도 유용하다. 국어 실력은 국어 시간에 쌓고 일기쓰기에는 글자가 틀려도 좋으니 제발 빨간 줄 치며 고쳐주지 말라는 것이다. 이런 점에서 윤태규 선생님의 조언은 일기쓰기를 어떻게 접근할지 모르는 엄마나 선생님께 큰 도움이 된다. 여기에 더해서 아이가 쓴 일기를 읽어줄 독자가 필요하다. 아이의 사적인 일기를 보는 게 타당한지는 논의에서 제외하겠다. (윤태규 선생님은 아이들에게 보여주기 싫은 읽기는 접어서 풀칠해도 된다고 하셨다. 아이가 비밀로 하고 싶다면 당연히 보지 말아야 한다. 이런 건 꼭 지키자.) 경험상 엄마나 선생님께 일기를 뽐내고 싶은 아이들이 많은 걸 봤다. 이런 친구들의 마음을 잘 이해하고 칭찬해 줄 수 있는 여유가 일기쓰기를 자발적으로 이끄는 한 가지 방법임에 분명하다.

나는 아주 잠깐 기간제로 초등학교 담임교사를 한 적이 있다. 작은 시골 학교였는데 아이들 일기를 신경 써야겠다고 다짐해 놓은 터라 첫날부터 일기쓰기의 중요성을 말하고 다음날 일기장을 걷었다. 정성껏 쓴 친구는 역시나 많지 않았다. 꼴랑 세 줄 쓴 친구에게는 네 줄의 댓글을 써 주고 그중에 하나라도 칭찬할 것을 찾아서 별표를 줬다. 주로 점심시간을 이용해서 일기검사를 하고 나눠줬는데 역시 선생님이 관심을 가지니 하루하루 일기의 내용이 깊어졌다. 부모님이나 선생님이 내 일기를 기다리고 있구나라는 기대감을 아이들에게 심어주는 게 중요하다는 걸 깨달았다. 나는 지금도 우리 애들 일기를 즐겨 읽는다. 어떤 날은 그림이 잔뜩 그려져 있기도 하고 또 어떤 날은 피아노를 칠 때 행복한 기분에 대해 한 바닥 써 놓기도 했다. 딸아이는 이미 성인이 되었지만 일기장 속에는 초등학교 3학년의 감기 걸린 여자아이가 피아노를 치고 있다.

내면의 보물이 깨어나는 어린 시절,
그 여유에 대하여

우리 아이들 초등학생 때 나는 애들 학교 공부에 그다지 열성적이지 않았다. 피아노 학원이나 태권도 학원은 보냈지만 학습을 위한 학원은 보낼 생각을 안 했다. 솔직히 필요성을 못 느꼈다. 선행학습이란 것도 시키지 않았다. 내가 한 거라곤 일기쓰기와 책 읽기를 꾸준히 할 수 있도록 환경을 마련해 준 게 전부였다. 일단 엄마인 나 스스로 책을 좋아해서 우리 집 테이블 위에는 책들이 넘쳐났다. 구입을 하는 책들도 있었지만 대부분 도서관에서 빌려온 책들이었다. 우리 애들이 초등학생이던 2000년대 초반 우리 집 근처에 도서관이 없었다. 하지만 나는 도서관에서 독서 수업을 하니 갈 때마다 책들을 빌려왔고 그 책들 대부분은 재미로 가득했다. 당연히 아이들은 이 책들을 부담 없이 읽었다.

하지만 위기가 없었던 건 아니다. 초등학교 2학년 때부터 4학년 때까지 우리 딸은 만화책에 빠졌다. 책장이 온갖 만화책으로 채워졌다. 하지만 어느 순간 빠져나왔다. 그때 딸이 했던 말이 지금도 기억에 남는다. "엄마, 얇은 책들은 내 마음을 채워주지 않아. 난 끝없이 이어지는 이야기책이 좋아"

딸에게 무슨 일이 있었던 걸까? 변화는 무엇 때문이었을까 기억을 더듬어본다.

#여유시간
우리 아이들은 중학교 다닐 때도 밤 9시만 되면 졸려서 10시 전에는 잠을 자야하는 아침 참새 유형이었다. 늘 비슷한 시간의 흐름으로 하루를 보냈고 학습관련 사교육을 받지 않아 여유가 많았다. 학교 다녀와서 대부분의 시간을 취미 활동을 했다 해도 과언이 아니다. 아들은 전자기타에 관심이 많아 혼자 동영상 보며 기타 연주를 배워갔다. 중 고등학교 축제 때는 강당 무대에 올라가 기타 연주를 해서 큰 호응을 얻기도 했다. 딸은 일본 드라마를 보다가 저절로 일본어를 터득하게 됐는데 이 경험은 딸에게 여러 선택을 하는데 나침반 역할을 해 줬다. 모두가 학원을 가는데 우리 집 애들만 집에서 기타 연주나 하고 일본 드라마만 보고 있었다니 진짜 현실성 없는 학부모였구나 싶다. 하지만 수업 시간 열심히 듣는 것만으로도 중학생 때까지는 충분하다. 이 생각은 지금도 변함이 없다.

#책이있었고
#강요하지않았다
테이블 가득 책이 있었고 그 책들은 2주 후 반납해야 하니 그 안에 읽어야지 하는 동기가 생겼다. 그리고 엄마는 책읽기를 강요하지 않았다. 나는 너무 바빴다. 아이들 보다 내가 읽어야 할 책들이 더 많았고 늘 시간에 쫓겨 잔소리할 틈이 없었다. 매번 책 읽어라 잔소리를 했다면 아이들은 분명 청개구리가 됐을 것이다.

#책이야기

읽은 책은 대부분 엄마도 알고 있어 함께 책 이야기를 나눌 수 있었다. 저녁식사 마치고 논스톱이라는 시트콤 보고 나면 우리는 늘 거실 테이블에 둘러앉아 숙제를 하거나 문제집을 풀었고 나는 수업 준비를 했기에 서로 바쁘지만 뿌듯하다 할 저녁시간을 보낼 수 있었다. 특히 아이들이 연년생이라 서로 도움을 주고받으며 공부를 할 수 있었다. 연년생이라 어렸을 때는 키우기 힘들었는데 초등학교 들어가니 친구처럼 지내는 모습이 보기 좋았다. 책 읽고 이야기 나누기도 더할 나위 없이 잘 통했다.

여유롭게 하루를 보내서 그런지 우리 아이들은 독후감이나 일기 쓸 때 쓸 내용이 없다는 말을 거의 하지 않았다. 매일 다양한 소재와 주제를 찾아서 일기 쓰기를 했다. 그리고 책 읽는 속도가 빠르지도 않았다. 책 한 권 읽어내는데 많은 시간이 걸렸다. 사실 100페이지 책을 10분 안에 다 읽었다고 말하는 친구들이 있는데 이게 가능한가 싶다. 이 친구들한테 책 내용을 물어보면 대략적으로 대답을 한다. 특히 책에 답이 있는 명시적인 질문에서는 대답을 잘한다. 그러나 추론을 해야 하거나 암시적인 질문을 하면 전혀 대답을 못한다. 그리고 며칠이 지나면 이 책을 읽었다는 사실도 잊고 또 그 책을 다시 들고 오는 경우도 봤다. 한글을 깨친 후 몇 년은 재미있는 책을 오래도록 보는 게 좋겠다. 책을 몇 권 읽었는가를 중시 여기는 양적 독서는 모래 위에 성을 지을 뿐이다. 일주일에 한 권이라도 제대로 읽고 좋은 문장은 필사도 하면서 매주 한 권씩 장편동화 읽기를 권한다.

도서관 수업을 하며 애들이 다 컸고

매주 토요일은 10시부터 오후 6시까지 수업을 했다. 도서관은 주말이 특히 바쁜데 이용자들이 가장 여유로운 시간이기 때문이다. 도서관의 시간은 일반인들이 바쁘면 한가하고 여유로우면 바빠지는 역방향 리듬을 탄다. 그러다 보니 나도 토요일이 늘 바빴다. 토요일 가족 행사에 거의 참여할 수 없었고 일요일은 미뤄둔 집안 일 하느냐고 쉴 틈이 없었다. 그렇게 20년이 지나니 우리 아이들이 대학을 졸업하고 모두 직장을 얻게 되었다. 딸이 먼저 취업을 했고 다음 해 아들이 바로 직장을 얻었다. 아들이 최종합격했다며 카톡을 줬던 시간을 잊을 수 없다. 나는 아산도서관에서 다음 해 진행할 독서프로그램 회의를 하고 있었고 오후 5시였다. 기뻤다.

그리고 2019년! 드디어 토요일 수업을 정리하고 비로소 주말의 자유를 얻을 수 있었다. 하지만 내가 하고픈 일들을 할 수 있는 때를 만났다는 기쁨도 잠시 2019년, 온몸에서 에너지가 빠져나갔는지 가족들 출근시키고 다시 잠들기도 하고 몰려오는 피로함에 몇 개만 하는 수업도 간신히 준비했다. 이런 게 번아웃 증후군이 아닐까 싶었다. 2019년은 나 홀로 무기력증과 싸우며 보낸 시간들이었다. 어지럼증에 시달렸던 시간이기도 했다. 그리고 딸이 결혼했다.

주말에는 딸이랑 한나절 시간을 보내는 게 우리 가족의 암묵적인 약속이다. 같은 천안에 살아도 딸은 북쪽에 나는 천안 남쪽에 살고 있어 자주 볼 수가 없다. 어느덧 착하고 멋진 남자를 만나 결혼해서 한 아이의 엄마가 된 우리 딸이 너무 대견하다.(할머니가 이렇게 빨리 될 줄이야! 다행히 나빈이는 너무 해맑게 잘 자라고 있다.) 딸이 오는 날 특별한 시간을 보내고 싶어 늘 노트에 이런저런 궁리를 해 보는데 이런 시간들이 보석 같다. 인생 끝나는 날 돌아보면, 주말에 딸의 가족과 함께 보냈던 사계절이 얼마나 아름다웠는지 회상하며 뭉클해하겠지. 어제 일요일도 딸의 가족과 시간을 보내면서 초등학교 6학년 여름방학 때 쓴 일기장을 꺼내서 읽어봤다. 여름방학 38일간 단 하루도 빠지지 않고 일기를 썼다. 일기장 속에는 뭐든 척척 잘했던 딸의 어린 모습이 들어있었고 일기장을 한 장 한 장 넘기면서 그날들이 소환됐다. <아기 사슴 플랙>을 감동적으로 읽고 쓴 일기도 있고 마음이 힘들 때마다 피아노를 치며 위로받는다는 일기, 전에 살던 집에 다시 갔더니 아직도 창문엔 자기가 붙여놓은 글라스데코 그림들이 있어서 친구를 만난 듯 반가웠다는 이야기, 그리고 방학 마지막 일기에 '이 일기장을 평생의 보물로 간직하라'고 써 놓으신 담임선생님의 글까지 모두 소중한 에피소드로 가득했다. 열세 살 어린 딸의 모습이 일기장 속에 다 들어 있었고 잊고 있던 2005년 여름의 기억들이 폭포수처럼 떨어졌다.

재미있는 책을 읽으며 감동 쌓기를 반복하다 보면 분명 평생 독자가 될 거라고 생각했고 책 읽으며 입력시킨 여러 생각들을 일기에 출력시키면 분명히 좋은 결과가 있을 거라 확신했다. 딸은 중학교 이후 일기를 안 쓰게 됐는데 누구도 일기 쓰라는 사람이 없어서 너무 편했다고 말하면서도 초등학생 때 일기쓰기가 기본이 되었다는 건 인정할 수밖에 없다고 했다. 우리 딸은 지금 육아일기를 하루도 빠짐없이 쓰고 있다.

우리 집 테이블에는 늘 재미있고 기품 넘치는 책들이 많았다. 물론 그 책들을 나는 다 읽고 있었기에 아이들에게 책 읽어라 얘기할 필요가 없었고 아이들도 엄마를 따라 책 읽고 책의 감동에 푹 빠질 수 있었다. 돌아보니 동화 같은 시간들이었다. 이렇게 도서관 수업을 하며 애들이 다 컸고 수업을 준비하며 읽은 책들이 훈장처럼 남았다. 이제 새로운 시작이다.

나를 아끼는 방법 하나씩

2학기 수업을 앞두고 11월 말이나 12월 중순 중에 여행사 홈페이지를 보면서 여행 상품을 봐 둔다. 그 기간이 여행 수요가 많지 않아 비용이 저렴하고 그쯤 2학기 수업이 마무리되기에 나에게는 최고의 여행 적기다. 그렇게 해서 다녀온 여행이 터키다. (얼마 전 나라 이름을 '튀르키예'로 변경했지만 편의상 터키라고 쓴다.) 터키는 2016년 12월 10일 아시아나 비행기를 타고 출발했다.

여행 가방 하나 달랑 들고 가볍게 떠났다. 터키의 사이프러스 나무들과 블루모스크를 떠올리며 시작된 12시간의 비행. 기내식은 맛있었다. 홍차랑 커피 서비스도 행복했고 따뜻한 피자까지 간식으로 주셔서 소화의 한계치를 느꼈다. 내 손으로 준비해야하는 식사에서 자유로울 수 있는 것! 여행의 기쁨이다. 터키를 가고 싶었던 이유 중 하나는 오래전 읽었던 한비야 언니의 책 때문이다. <바람의 딸> 시리즈에 터키 편 읽으며 꼭 가보리라 생각했었다. TV <걸어서 세계 속으로>에서 터키의 파묵칼레, 가

파도키아를 보면서 세상에 저런 곳도 있구나 놀랐다. 다음에 기회 되면 꼭 터키를 가 보리라 소망했다. 그리고 결정적으로 오르한 파묵의 <내 이름은 빨강>을 읽고 더욱 터키 이스탄불에 대한 로망이 생겼다.

 오르한 파묵의 <내 이름은 빨강>은 서양 세력이 들어오며 몰락하는 이슬람 미술을 지키기 위한 마지막 몸부림을 보여준다. 세헤라자데가 1001일 동안 밤마다 들려줬다는 천일야화처럼 신비롭다. 이슬람 화가들 이름도 황새 나비 올리브 등 어느 나라 언어로 번역해도 어색하지 않을 이름을 썼다. 그리고 이야기 마지막에 작가 본인 이름이 등장하니 기회 되실 때 읽어보시면 흥미진진할 거다. 터키에 가서 보니 이슬람 미술은 카펫이나 터키 도자기 등 그들 문화 속에 여전히 잘 남아 있었다. 터키여행(패키지여행이었다.)은 이스탄불에서 시작해서 동쪽으로 돌아 다시 이스탄불로 돌아오는 여정이었다. 날씨는 선물 같아서 여행 내내 맑고 따뜻했다. 토로스 산맥도 넘고 얀탈리아 바닷가 호텔 테라스에서 지중해 일몰을 황홀하게 보기도 했다. 성경에 등장하는 에페소도 걷고 셀수스 도서관에서 비블리오테라피(독서치료)라는 글자도 발견했다. 정말 볼 것도 많았던 터키여행이었다. 터키에서 사 온 화려한 문양의 접시, 터키 간식 로쿰, 쉐린제에서 사 온 와인 이런 걸 떠올리는 것만으로도 터키는 내 가슴에 아직도 두근두근 남아있다. 열심히 일하고 떠났던 여행이라 마음이 깃털처럼 가볍고 매일이 행복했다. 나를 아끼고 사랑하는 방법을 모으는 삶을 살고 싶었는데 그중 하나가 여행이었다. 그리고 그 여행을 떠올리면 그때 읽었던 책들이 생각난다. 공항에서 비행기 시간을 기다리며 읽었고 호텔 창가에서 읽기도 했다. 나를 비우고 채웠던 시간들이었다.

작은 세상이 되어 준 나의 공간

도서관 수업을 하게 되면서 생활에 몇 가지 변화가 생겼다. 일주일을 열심히 일했으니 주말에는 푹 쉬고 싶다는 바람이 생긴 거다. 주말을 어떻게 보내면 제대로 휴식을 취할 수 있을까 고민하다가 시내 외곽에 작은 땅을 사기로 했다. 땅을 보러 왔을 때는 고추밭이었는데 단박 맘에 들었다. 무엇보다 우리가 가지고 있는 여유자금으로 살 수 있다는 점이 가장 좋았다. 일주일 중 5일은 아파트에서 지내고 주말 이틀은 시골에서 지내는 생활을 시작한 거다. 집을 지을 자금까지는 없어서 작은 농막을 지어놓고 원두막도 갖다 놓았다. 잔디도 깔고 텃밭도 가꿨다. 작은 연못도 남편이 직접 만들었다. 온양석으로 연못 둘레도 치고 금붕어도 넣어놨는데 다음날 보니 연못에 물이 다 사라져서 다시 돌덩이 옮기고 난리도 아니었다. 그 모습을 애잔하게 보시던 동네 이장님은 '그러다 골병 들겠슈' 외치셨다는 건 이제 전설이 되었다.

묘목도 열심히 심었다. 빨간 머리 앤이 지나왔던 사과나무 터널을 생각하며 우리 마당에도 사과나무 묘목을 심었고 열 살이 되는 아들 생일을 기념해서 소나무도 심었다. 그래서 별 거 없는 시골집이었지만 행복했다. 봄여름가을 피고 지는 꽃 마당이 있어 좋았고 상추며 가지 토마토 고추 등 우리가족이 먹고도 남을 채소가 넘쳤다.

  여름방학엔 모기장 쳐 놓고 우리가족은 원두막에서 일박을 하곤 했다. 밤의 고요함과 새벽의 싱그러움을 느끼며 완전 경건해지기도 했다.(이러한 고요함은 기도처럼 경건해서 순간 겸손이 몰려올 수 있다.) 앞산은 계절마다 아름답게 변했고 봄만 되면 진달래가 흐드러지게 피었다. 알고 보니 북쪽을 바라보는 산에는 진달래가 많이 핀다고 했다. 여름은 물론 가을의 노란 은행나무 향연은 가을 내내 축제처럼 빛났다. 겨울엔 눈썰매장이 돼 주어 우리 아이들 전용 놀이터였다. 나지막한 동산이라 아이들과 남편이 산에 오르는 모습이며 손 흔드는 모습까지 다 보였다. 마당에 난로 피워놓고 고구마 굽고 따뜻한 커피도 머그컵에 가득 탄다. 파라솔 아래서 책도 읽고 음악도 들으며 주말의 편안함을 머리와 가슴으로 가득 느끼는 그 순간순간들! 그 후 아파트 팔고 아예 시골로 이사해서 들어왔다. 오늘도 우리 집 여숫물엔 여유로운 시간이 흐르고 있고 일상에서 느끼는 감정 안에는 작은 기쁨이 숨어있다. 이곳이 나에겐 무릉도원이다. 우리에게 안식을 주는 공간이 있다는 건 크나큰 축복임을 다시금 느낀다. 사계절을 뚜렷하게 느낄 수 있는 시골에서의 책읽기가 내 마음을 넉넉하게 만들어줬다.

겨울에는 놀자.

"내 일을 간섭 없이 내 방식대로 해 내는 기쁨, 내가 매력을
느끼는 소수의 사람들과 친밀하게 지내는 기쁨, 가끔은
가족으로부터도 자유로운 나만의 시간 갖기"
-문유석 판사님의 <개인주의자 선언>에서

12월 말부터 2월 사이 이 기간은 주로 집콕하며 늦잠도 자고 바빠서 미뤘던 책도 펼친다. 길고 긴 겨울에 책읽기는 특별히 맛있다. 가끔은 침대에서 책 읽다 스르르 잠이 들기도 하는데 그것조차 꿀맛이다. 요번 겨울에도 몇 권의 책을 읽었는데 특히 <여름은 오래 그곳에 남아>라는 책이랑 <소피의 세계>가 너무 좋았다. <여름은 오래 그곳에 남아>는 로맨틱했고 소피의 세계는 현학적이었다. 이 외에도 여러 권의 책을 읽었는데 코로나 때문에 더 책읽기에 몰입할 수 있었다. 만약 코로나가 아니었으면 지금쯤 우리나라를 떠나 아주 멀리 여행을 갔을 거다. 그동안 열심히 일했으니 나에게 주는 선물이라 생각했다. 한겨울을 열대지방에서 보내고 싶었던 소망이 있었다. 롱코트를 입고 떠난 캄보디아 앙코르와트 여행, 우리나라는 대설주의보가 내려졌다는데 나는 반바지에 챙 모자 쓰고 바이욘 사원을 거닐었다. 씨엠립 호텔 로비는 크리스마스 분위기를 물씬 풍기는 대형 크리스마스트리가 형형색색 반짝였다. 열대지방에서 느끼는 크리스마스 분위기는 색다르지만 아무튼 흥겹고 행복했다.

 일정을 내 호흡에 맞춰 짤 수 있다는 점이 프리랜서인 내가 누릴 수 있는 몇 안 되는 특권 중 하나다. 그러니 겨울만큼은 시간에 구애받지 않고 지내고 싶어 몇 년 전 겨울부터는 수업도 안 하고 되도록 약속도 하지 않으면서 동면의 시간을 보냈다. 곰브리치 세계사에 따르면 인류는 빙하기 시대에 동굴 안에서 곰곰 생각하는 시간을 많이 가지면서 그 잉여의 시간에 언어도 만들고 동굴 벽에 그림도 그리면서 발명가와 예술가의 자질을 갖게 됐다고 했다. 나의 겨울도 원시인의 빙하기처럼 게으르지만 풍성한 시간들을 만들어냈다. 내가 가장 아끼는 기억들 대부분이 겨울에 이뤄졌다. 이번 겨울에는 책도 쓰고, 기회를 보고 있던 카카오 브런치에도 도전해서 브런치 작가 승인을 받았다. 나에게 겨울은 봄보다 차분하고 여름보다 게으르지만 가을보다 풍성한 삶의 소리가 넘쳐나는 시간이었다. 이런 시간을 만들어내는 겨울이 소중하다. 다음 겨울을 여유 있게 즐기기 위해 햇살과 색깔, 이야기를 모았던 프레드릭*)처럼 씩씩하게 살아보려 준비하고 있다.

---

*) 레오 리오니, <프레드릭>, 시공 주니어

맑은 날엔 힐링 타임

그 다양한 계절 가운데 내가 가장 좋아하는 계절은 초여름이다.
눅눅한 장마철이 끝나면 무더운 여름을 앞두고
쉬는 시간처럼 찾아오는 짧은 계절
-"맑은 날엔 도서관에 가자" 중에서

봄여름가을겨울, 사계절 이름도 하나같이 보석처럼 예쁘다. 어느 계절을 좋아하냐 물으시면 딱 하나 고르기가 어렵다. 지루했던 겨울을 견디고 산으로 들로 색깔이 입혀지는 봄은 말할 것도 없이 사랑스럽다. 여름에 지칠 때쯤 풍겨오는 가을 향기는 또 얼마나 가슴 뛰는 일인지. 겨울은 또 어떤가. 하얀 눈이 컴퓨터 화면처럼 흩날릴 때 따뜻한 집안에서 포근한 일상을 보내는 풍경은 다정하기 이를 데 없다. 이렇게 모든 계절을 좋아했지만 여름만큼은 싫었다. 모기도 온갖 벌레도 싫었고, 작렬하는 태양빛은 두렵기까지 했다. 그런데 <아무튼 여름>을 읽고 나서 제일 기다려지는 계절이 여름이 되어버렸다. 책 한 권으로 취향이 변했다니 대단한 팔랑귀다. 그런데 사실을 말하자면 <아무튼 여름>을 덮으면서 실망이 컸다. 내가 떠올린 여름이 아니었기 때문이다. 나는 초당옥수수도 좋아하지 않았고 머슬 셔츠도 입지 않았다. 그런데도 이 책을 읽은 후 여름이 기다려졌고 여름이 좋아지기까지 했다. <아무튼 여름>은 김신회 작가님의 추억이기에 내 추억이 나올 리 만무하지 않은가. "내가 그리워한 건 여름이 아니라 여름의 나였다"는 작가님 말씀처럼 책을 덮고 여름의 나를 하나둘 떠올려봤다.

우리 집 마당 구석구석 엄마가 꽃씨 뿌려 피워낸 채송화 분꽃 봉선화가 낡은 우리 집을 비밀의 화원처럼 만들어준 것도 여름의 힘이었고 골목길 후미진 곳에 피어난 까마중 맨드라미 명아주 그리고 담 밖으로 얼굴을 내민 호박 넝쿨은 어린 내 마음을 행복하게 만들어줬다. 방문이 다 열리는 여름밤, 모기향 냄새가 천지진동하는데 우리를 바라보시는 달님은 참 어여쁘셨다. 이렇게 좋은 계절 여름을 단지 땀 때문에 끈적거려 싫다고 말하는 것은 여름에게 미안한 일이다.

사계절은 삶을 변화시킨다. 옷도 바뀌고 음식도 계절 따라 바뀌지만 내 경우 새로운 계절이 올 때쯤 마음의 리셋이 진행된다. 다시 시작하는 마음이 되어 노트에 계획들이 늘어나고 지지부진 이어졌던 계획들이 다시 명료해진다. 사계절이 있어 얼마나 다행인가! 가장 긴장하며 시작하는 계절은 봄과 가을이다. 도서관 프로그램도 학교처럼 1학기 → 여름방학 → 2학기 → 겨울방학으로 진행된다. 비교적 여유로운 시간은 2월, 7월, 12월 달이다. 수업이 끝났거나 시작하기 전 단계다. 이때 나는 다음 수업을 준비하며 도서관에서 책을 왕창 빌려와 밤낮으로 읽으며 정리하기 바쁜 시기이기도 하다. 또한 그동안 소원했던 친구들과 만나서 맛있는 밥과 차를 마시며 웃음꽃을 피우기도 하고 혼자서 훌쩍 여행을 다녀오는 때도 요 때다. 한마디로 꿀 같은 시간을 요때 만끽한다.

이 기간을 잘 보내고 싶어 유튜브나 지인으로부터 소개받은 책 중 읽고 싶은 책 목록을 열심히 모아놓는다. 일단 도서관 리브로 피아 앱을 검색해서 책을 어디서 빌리면 좋을까 찾아본다. 대부분의 책은 대출 가능한데 간혹 인기도서는 대출 중일 때도 있다. 그럼 예약을 걸어놓기도 하고 인터넷 서점에 주문을 하기도 한다. 대부분 만족스럽지만 어떻게 이런 책이 좋다는 소문이 났을까 의아한 책도 있다. 그래도 다 좋다. 왜냐, 힐링 타임이니까!

책모임하며
선물 같은 하루 만들기

"재미없는 책을 읽을 때는 아무 말도 하기가 싫고,
재미있는 책을 읽을 때는 아무 말도 할 수가 없다."
-맑은 날엔 도서관에 가자 p.118 중에서

친구들과 만나기 위해 장소를 섭외하는 건 은근히 까다로운 일
이다. 그래서 인스타그램에 자주 등장하는 멋진 카페나 맛집을
기억해놓는다. 이렇게 해놓지 않으면 어디로 갈까? 난민이 되기
십상이다. 도통 생각이 안 나서 저기 들어가자 해놓고 '아참~~~
거기가 있었지!' 뒤늦은 후회를 한 적도 많다. 좋은 사람들과 따
듯한 분위기에서 맛있는 밥을 먹으며 회포를 푸는 것, 우리가 늘
그리는 풍경일 거다. 그럴 때 떠오르는 일본 드라마가 있다. 바
로 "빵과 스프, 고양이와 함께 하기 좋은 날"이다. 출판사 편집자
였던 주인공은 어머니의 식당을 이어 받아 운영한다. 어머니가
돌아가시자 단골들은 어머니의 음식과 식당 분위기를 그리워한
다. 하지만 주인공은 자기가 생각한 콘셉트의 식당으로 완전 탈
바꿈 시켜 과감하게 리모델링을 한다. 누구는 그 옛날을 그리워

하지만 주인공의 식당은 차츰 새로운 인기 맛집으로 인정받게 된다. 좋아하는 사람들과 잠시 잠깐 긴장을 풀고 맛있는 음식을 먹는 것. 이런 사소한 행위로 큰 위안을 얻을 수 있다. 여기서 내가 잘 가는 식당과 카페를 하나 적어보면 이렇다. 요롷게 한 세트다.

▶목천에 있는 충남교육청 평생교육원에서 책을 본 후 친구들과 함께 가기 좋은 곳이 있다. 현가네와 지산리 카페다. 현가네는 기사 식당 분위기의 밥집이다. 1인당 6000원일 때부터 다녔는데 지금은 9000원. 하지만 이 가격에 이만큼 푸짐하고 맛있는 반찬을 먹을 수 있는 곳은 많지 않다. 오전 11시 오픈인데 그 시간에 가도 자리가 거의 다 차 있다. 럭셔리한 분위기는 없지만 엄마가 해 준 밥처럼 따뜻하고 맛있다. 밥을 다 먹고 현가네에서 차로 5분 거리에 있는 지산리 카페로 자리를 옮긴다. 지산리 카페는 논 한가운데 뜬금없는 자리에 있다. 약간 지대가 높아서 커피 마시며 바라보는 탁 트인 시야가 모든 시름을 잊게 한다. 특히 비건주의자 사장님은 장사에는 뜻이 없으신지 팔고 있는 케이크나 지금 막 오븐에서 나온 스콘 같은 것을 먹어보라며 갖다 주신다. 든든하게 밥 먹고 향 좋은 커피 마시며 책 이야기를 나누는 풍경 자체가 나에겐 힐링 타임이다.(아쉽게도 현가네는 당분간 영업을 안 하신단다.)

▶풍세 작은 도서관에도 오시라. 풍세면사무소 뒤에 왠지 부끄럼 타는 모습으로 숨어있다. 그러니 이용자가 많지 않아 정말로 조용하고 책은 깨끗하며 사서쌤의 무한한 환대를 받을 수 있는 곳이다. 여기서 책도 빌리고 뜨끈한 온돌에 앉아 책을 읽다가 슬슬 배고파지면 알롱지와 홍콩으로 자리를 옮긴다. 카페 알롱지! 프랑스어로 가자!라는 말이라는데 카페는 아기자기한 다정함으로

가득하다. 작은 정원에는 늘 각종 꽃들이 피고 진다. 살림집을 개조한 카페는 2층 구조인데 방마다 포근하고 아늑하다. 특히 홍차를 시키면 쟁반 가득 정성이 가득하여 사진을 안 찍을 수 없다. 사진으로 남기고 싶을 만큼 앙증맞다. 예쁜 소품으로 아기자기하게 꾸며진 홍차 세트는 제대로 대접받는 기분을 느끼기에 부족함이 없다. 나는 알롱지에서 독서모임을 하고 홍콩으로 건너가기도 한다. 홍콩은 근처에 있는 허름한(사장님 죄송합니다.) 중국집이다. 매번 식당 앞을 지나쳤는데 한 번도 들어갈 생각을 안 했다. 그러다 우연히 들러 먹게 되었는데 가격도 저렴하고 수타면의 쫀득함이 최고였다. 알고 보니 많은 사람들이 인정하는 오래된 맛집이었다. 특히 잡탕밥, 신선한 해물이 가득 들어있는 해물 덮밥인데 잡탕밥이라는 이름이 유감이다. 바꿔 드리고 싶다. 프랑스에서 독서모임하고 홍콩으로 넘어가는 맛이 꽤나 괜찮은 힐링 타임이 된다. 풍세에 오셔서 프랑스와 홍콩을 맛보시길.

이 외에도 몇 세트의 선택지를 가지고 있다. 궁금하신 분들의 연락을 기다린다.

책만 보는 바보, 간서치!

나는 글 쓰는 일보다 책 읽는 일이 즐거운 사람이다. 책 속에서 나를 닮은 사람을 만나는 게 반갑다. 곱슬머리에 돼지털로 살아가는 나는 <작은 아씨들>의 둘째, 조가 곱슬머리에 한탄하는 장면에 심하게 공감하며 슬퍼했다. 그리고 책을 좋아하는 사람들을 만나는 기쁨 역시 크다. 그런 분 중 간서치 이덕무라는 분이 계신다. 이 분은 18세기 정조시대 서울 백탑 마을에 살고 계셨다. 서자 출신이라 과거 시험도 못 보고 얼치기 양반이라 장사도 못했고 몸이 약해 무관시험도 못 봤다며 자신은 거미줄에 걸린 것 같다고 했다. 그래서 할 수 있는 건 책만 보는 바보, 간서치(看書痴)!

어느 겨울, 벽 틈새로 황소바람이 들어와 오들오들 떨고 있을 때 논어가 자신을 향해 "나를 가지고 바람을 막아봐" 얘기를 하는 기분이 들었단다. 그래서 벽 틈새에 논어로 병풍을 치니 정말 방 안이 한결 온화해진 기분이 들었다고 했다. 물론 평상시에도 깊고 단정한 문장을 지닌 <논어>가 이덕무의 마음을 따스하게 해 줬을 것이다. 또 이런 일화도 있다. 흉년이 거듭되어 배를 곯는 식구들을 더는 볼 수 없어 자신이 그렇게 애지중지했던 <맹자>를 팔아 가족의 저녁을 해결했다. 아끼는 책을 팔아서 마음이 속상했던 이덕무는 이웃에 사는 유득공에게 간다. 유득공은 <발해고> 쓰신 그분이 맞다. 역사책에 나오는 유명한 분들이 그 마을에 많이 사셨다. 박지원 선생도 박제가 선생도 다 그 마을에 계셔서 이들을 백탑파라고 부른다. 아무튼 유득공은 맹자를 팔아 섭섭해하는 이덕무 마음을 눈치 채고 <좌씨춘추>를 팔아 술을 내놓는다. 논어가 추위를 막아주고 맹자가 밥을, 좌씨가 술을 사다니! 결국 책 팔아서 밥 먹고 술 먹었단 얘긴데 문장 행간에 묻어있는 애잔함이 오히려 근사하게 느껴졌다.

'어제 우리 집에 이덕무가 책 빌리러 다녀갔다' 그러면 그 집에 책이 좀 있구나 생각할 정도로 이덕무의 책 사랑은 대단했던 것 같다. 다행인 것은 학삐리 임금이었던 정조께서 왕실 도서관인 규장각에 이덕무를 별정직 사서로 채용했다는 거다. 이 부분에서 나는 이덕무에게 가지고 있던 애잔함을 다 풀 수 있었으니 나의 오지랖도 대단하지 않은가. 책이 그냥 좋은 나 같은 사람은 이덕무 이야기에 덕질을 할 수밖에 없다. 이런 분들 이야기를 들으면 더 할 수 없는 행복이 밀려온다. 책이 나에게 많은 것을 주었구나 느끼게 된다.

이와 맥을 같이하는 이야기가 그림책에도 있다. 바로 토끼 형제 이야기다. 동생 토끼가 어디서 책 한 권을 가져왔다. 책 속에는 토끼가 여우에게 서커스 조련을 시키는 등, 현실에서 있을 수 없는 일들이 펼쳐졌다. 항상 무서워했던 여우를 조련시키는 토끼라니, 형제는 책에 쏙 빠져 들었다. 그런데 그때 진짜 여우가 책에 푹 빠져 있는 토끼를 노리고 있었다는 사실! 두려움에 토끼 형제의 눈동자는 계란프라이처럼 흔들렸다. 가진 건 책 밖에 없었고, 그래, 책! 그것뿐이었지만 여우의 머리통을 책으로 내려친 형 에르네스트는 놀라서 입을 벌린 여우의 입 속에 책을 밀어 넣는다. 그 순간 너무 놀란 여우는 그만 책을 꽉 물어버렸으니! 형 에르네스트가 동생에게 뽐내며 "봤지! 책은 이런 거라고!" 하며 말할 때 나까지 자랑스러웠다. 책 제목이 <아름다운 책>이다. 클로드 부종이란 분의 책인데 그림을 대충 그린 듯 하지만 적재적소 위트 가득한 표현을 찾는 맛이 있다. 책이 얼마나 쓸모 있는지 보여주는, 그래서 아름다울 수밖에 없는 책. 제목이 왜 아름다운 책인지 백배 공감되는 책이다. 참고로 이 책은 내가 정말 재미있게 읽어 드릴 수 있는데 글로만 써야 하니 유감이다.^^

나는 심심해서 책을 읽었다. 그래서 도서관에 자주 갔고 거기서 책 선생이 되어 20년을 지냈다. 나에게 밥도 주고 집도 주고 삶도 줬던 건 바로 책이었다. 책은 정말 아름답다. 그 책 속에서 만난 여러 사람들이 있지만 간서치 이덕무와 토끼 에르네스트는 참 각별하게 간직하고 있는 인물들이다.

작은 손길이 주는 큰 기쁨

우리 집 주차장 옆에 복숭아나무 한 그루가 있다. 매년 8월 초 바구니 두 개쯤은 거뜬히 채울 수 있는 복숭아가 익어간다. 동네 분들이 우리 복숭아나무 보면서 한 마디씩 칭찬을 아끼지 않으신다. 원래도 우리 동네는 복숭아나무가 많았단다. 조치원이 가까워 그런가 싶다. 예전부터 조치원 복숭아는 최고였는데 지금은 행정구역 이름이 세종시로 바뀌면서 조치원 복숭아보다는 세종 복숭아라는 이름으로 더 널리 팔리나보다. 우리 집 복숭아도 세종 복숭아 못지않게 매년 엄청 향기로운 단 맛으로 우리 가족을 행복하게 만들어 준다. 한 입 깨무는 순간 단박 행복이 몰려오는 복숭아! 진짜 이런 게 마법이다. 수돗가에 앉아 바구니 가득 따온 복숭아를 닦으며 벌레 먹은 놈으로 하나 골라 한 입 물면 복숭아 단물이 마구 흐른다. 이런 이유로 <여름>이라는 단어만 봐도 복숭아가 자연스럽게 떠오른다. 내가 복숭아 좋아하는 걸 아는 동생은(우리 집에 복숭아나무가 있음에도 불구하고) 매년 여름이면 세상에서 가장 맛있게 생긴 복숭아를 사다 준다. 정말 매년 여름, 단 한 번도 거르지 않고 복숭아를 사다 줬다. 너무 예쁘고 크고 향기 좋은 복숭아!! 동생도 고맙지만 그 마음을 함께 지켜주는 올케는 더 고맙다. 작은 선물이지만 큰 기쁨을 주는 경우다. 이 생각만 하면 고마워서 눈물이 나고 이 글 쓰면서도 울고 있다 동생아~~

마법의 설탕 두 조각을 쓴 마하엘 엔데의 책 중에 <죠죠-큰 용기를 가진 작은 사람들>이란 책이 있다. 이 글 쓰다가 궁금해 찾아보니 책은 절판 됐고 중고거래만 60000원에 되고 있다. 친정집에 저책이 있으려나? 어렸을 때 읽은 책이라 자세한 줄거리는 정확하게 기억나지 않는다. 사회적 약자지만 옳은 일 앞에서는 뜻을 굽히지 않고 대항했던 서커스단 이야기다. 언제나 그렇다. 대부분의 기득권은 나서지 않는다. 그래서 힘없는 우리가 용기를 내지 않으면 안 된다. 그걸 잘 알고 있지만 나도 그러질 못했다. 하지만 약한 자를 보호하려 했고 외로운 자에게 더 다가가려 했다. 왜냐하면 작은 손길이 주는 큰 기쁨을 알고 있기 때문이다. 화분에 식물이 갑자기 시들 때 가장 빨리 나무를 살리는 방법은 샤워기로 흠뻑 목욕 시켜주는 거다. 마른 수건으로 이파리를 하나씩 닦아주는 작은 수고가 그 나무를 살린다. 그렇게 지켜낸 나무가 많은 것처럼 그렇게 맺은 인연도 나에겐 많다.

우리 동네 여숫물

우리 동네의 옛 지명은 호정 마을이다. 물이 좋아 붙여진 이름이냐 묻는데 "호"는 좋을 호가 아니라 여우를 뜻하는 여우 호[狐]. 구미호까지 가시면 곤란하고, '여우 우물' 정도로 풀이하면 되겠다. 사실 우리 동네 물이 좋기는 했는데 가구 수가 늘어나면서 지하수가 부족해 몇 해 전부터 상수도가 들어왔다. 지금도 여전히 이 근방에서 우리 동네는 여숫물*)로 통한다.

아담하고 깔끔한 동네로 알려져 있고 실제 우리 동네를 산책해 보면 골목마다 정말 깨끗하다. 동네 주민 모두 신경을 쓰시지만 무엇보다 이장님의 잔소리(우리 앞집에 사신다. 잔소리란 말이 좀 걸리지만 팩트다.)를 이겨낼 장사가 없다. 동네에 뭔가 눈에 거슬린다 싶으면 즉시 스피커 방송이 나온다. 처음엔 이것도 스트레스였는데 지금은 아무렇지도 않다. 정말로 우리 동네를 사랑하신다는 걸 알고 있기 때문이다. 몇 년째 범죄 없는 마을이었는데 얼마 전 마을회관 TV를 털리는 바람에 이장님 상심이 크셨

---

*) 여우 우물의 뜻으로 표기상 여우물이 맞는 거 같은데 우리 모두 여숫물로 발음하며 그래야 우리 마을 이름답다.

고 면사무소에 읍소하시더니 기어코 마을 입구에 CCTV를 달아 놓으셨다.

우리 동네가 왜 여숫물인가 궁금했는데 거진 백세이신 동네 할아버지(이 어르신은 우리 동네에서 태어나셔서 거의 100년 동안 마을을 지키셨다.)께서 알려주셨다. 산에 살던 여우가 우리 동네에 내려와 물 먹고 갔다나 어쨌다나. 짝퉁 전설 느낌이지만 그 증거로 산 중턱에 작은 호수가 있기는 하다.

그 백 세 할아버지는 나에게 여숫물 이야기를 전하시며 그래서 우리 동네 여자들이 기가 세다는 결론을 내리셨다. 그러시곤 허허 웃음을 남기며 발길을 옮기시는데 왜 내 기분이 찜찜한 건지 당최 모르겠단 말씀이다. 백세 할아버지의 할머니는 몇 년 전 돌아가셨고 지금은 따님이 들어와 아버지를 살피고 계신데 따님 목청이 크기는 하다. 생각해 보면 할머니도 보통 양반은 아니셨다. "당신 딸 생각하며 이 동네 여자들 기 세다 하셨겠지. 아무렴, 그렇겠지?"

**백 세 할아버지는 얼마 전 돌아가셨다. 지팡이 짚고 다니시던 할아버지 모습이 우리 마을에 하나의 풍경이었는데 세월의 흐름을 막을 수 없는 노릇. 할아버지 명복을 빈다.

<u>회복이 필요할 때 꺼내보는</u>

  뜻하지 않은 나쁜 일들이 한꺼번에 밀려왔다. 정신 차리기 힘들었고 몸도 맘도 허약해졌다. 살다 보면 누구나 그럴 때가 있기 마련이다. 그때 나에게 위로를 준 이야기가 있다. 애니 에드슨 테일러! 100년 전 나이아가라 폭포 타기에 성공한 분이시다. 이 무모한 도전을 하게 된 계기는 남편이 돌아가시고 경제적으로 힘들어졌기에 생활비가 필요했다. 나이아가라 폭포 타기를 성공해서 유명해지면 돈을 벌 수 있다고 생각했던 거다. 그녀 나이가 무려 63세 때 일이다. 지금도 그 나이에 나이아가라 폭포 타기는 힘들 텐데 100년 전에 이런 계획을 짜고 실행했다니 놀라웠다. 그녀는 치밀하게 통나무를 제작했고 거짓말처럼 별다른 부상 없이 폭포 타기에 성공했다. 사람들은 놀라워하면서도 늙은 할머니에게는 관심을 보이지 않았다. 그녀가 직접 제작한 통나무에 더 관심이 쏠렸고 결국엔 그 통나무마저 도둑맞기에 이른다. 절망한 애니 에드슨 테일러는 나이아가라 폭포 앞에서 엽서를 팔며 생활한다. 애니 에드슨 이야기 마지막은 그녀의 다음과 같은 말로 끝난다.

"아홉 살 때, 아버지와 함께 여기 왔어요. 나는 이런 폭포를 난 생처음 보았어요. 세상이 끝나는 것 같은 느낌이었지요. 폭포는 아름다우면서도 두려웠어요. (중략) 사람들은 나이아가라 폭포를 바라보면서 얼마나 더 큰 용기를 내야 더 가까이 다가갈 수 있을까 궁금해하죠. 나는 '그 일을 한 사람이 바로 나다'라고 말할 수 있는 것으로 만족해요."

애니 에드슨 테일러의 드라마틱한 인생 이야기를 읽는 것만으로도 용기가 생기고 허약해진 마음에 생기가 돌았다. 이야기가 가진 힘만으로도 마음이 회복되는 기분이 들 때가 있다. 바로 이 책이 그렇다. 이 이야기는 크리스 반 알스버그의 <폭포의 여왕>이라는 책으로 만날 수 있다. 오래전 읽었을 때는 매력을 느끼지 못한 책이었는데 나도 나이를 먹은 건지 63세 애니 에드슨 테일러에게 감정이입이 되면서 뭉클한 기분을 지울 수 없었다. 구입해서 보고 있다. 회복이 필요할 때 꺼내보는 책이다.

팟캐스트를 추억함

팟캐스트와의 만남은 읽기에 집중했던 내 생활 패턴에 아주 큰 변화를 주었다. 나를 사로잡은 첫 번째 팟캐스트가 지대넓얕이다. 지대넓얕(지적 대화를 위한 넓고 얕은 지식의 줄임말)을 듣고부터는 잠을 잘 때마다 이어폰을 꽂았다. 어떨 땐 밤을 꼬박 온전히 새운 날도 있었다. 운전할 때마다 다운로드 받아놓은 걸 재생시켜 들었고 틈날 때마다 그들 목소리에 빠져들었다. 미술사 정리 방송 끝에 나온 이브몽땅의 고엽을 듣다가 일어나 보니 새벽 4시였던 적도 있었고 김도인이 들려준 하루키의 [4월의 어느 맑은 아침 100% 연인을 만나는 것에 대하여]는 얼마나 많이 들었는지 방송내용을 줄줄 따라 할 정도였다. 지대넓얕은 내게 티벳 사자의 서를 펼치게 했고 바가바드기타를 읽게 했다. 체게바라를 바라보게 했고 아옌데 대통령의 말로를 애석하게 들려줬다. 그때 들려준 메르세데스 소사의 Gracias a la vida(삶에 감사해)는 감동이었다.

채사장의 재치와 박학다식, 똘끼 충만함이 매력 그 자체였다. 김도인은 카페에서 알바한 돈으로 명상공부를 한 특이한 이력의 소유자. 난 김도인 방송을 듣다가 울컥한 적이 한두 번이 아니었다. 깡샘은 강씨 성을 가진 논술 강사로 서울대 철학과 출신이다. 매일 폐지 줍다 늦었다고 너스레를 떨지만 불의에 저항할 줄 아는 일명 죽창맨으로 아주 멋진 분이다. 마지막 멤버 독실이(또는 덕실이)는 카이스트 재원이지만 먹고 싶은 피자를 마음껏 먹을 수 있을 정도의 돈을 벌고 싶다고 소원했던, 기독교 신앙이 독실한 공대생 오빠다. 지금은 완전 출세해서 TV에 과학 상식을 알려주는 패널로 활동하고 있다.

지질했던 이들 넷이 잘 되어서 오지랖 넓은 나는 너무 행복했다. 그랬던 이들의 방송이 2017년 8월 20일 시즌 종료를 했다. 그날 친구를 잃은 기분처럼 마음이 울적했다. 그래도 그렇지 팟캐스트 방송 끝났다고 울컥하다니! 내가 그렇게 위로받고 싶었구나. 아닌 것 같았지만 힘들었구나. 그들에게 많은 의지를 했구나 등등 8월 20일 이후 참으로 오랜 시간 맘속으로 방황을 심하게 했다. 그리고 마지막 방송이 있던 8월 20일은 하루 종일 스콜 같은 장대비가 퍼부었다. 난 꿀꿀한 맘을 달래려 그 빗속을 뚫고 도서관으로 갔는데 가다가 도로에 물이 불어나서 운전하다 죽는 줄 알았다.

시즌 종료 안내 방송이 나가고 감사와 아쉬움을 표현한 글들로 후기가 넘쳤다. 지대넓얕이 종료되고 나를 비롯한 많은 지대인들이 난민처럼 팟캐스트를 떠돌았고 나는 이를 '지대난민**'이라 명명했다. 진짜 이 말은 내가 대한민국 최초로 썼고 이후 이 말이 유행이 되었다. 팟빵 댓글 창에 증거가 남아있을 것이다. 물론 나도 그 증거를 캡처 떠놨다. 이게 뭐라고 사람들이 지대난민이란 말을 쓸 때마다 내 상품을 쓰는 것 같아 우쭐했다.

이런 패닉 상태에서 내 귀에 친구가 되어 준 또 다른 팟캐가 바로 김영하의 <책 읽는 시간>이었다. 에피소드가 67개 밖에 없다는 게 아쉬웠지만 이 방송 하나하나 배울 것도 많고 즐겁기도 해서 역시 줄기차게 듣고 결국 다 들었다. 최고의 에피는 이기호 소설 <원주 통신>. 사실 최고의 에피라고 말할 수 없게 모든 방송이 좋았다. 체홉의 단편에 설레었고 쿳시라는 작가를 알게 됐다. 폴 오스터는 어떤가! 이후 폴 오스터에 빠져서 그의 책을 들고 다니지 않았던가. 이 글을 쓰다가 궁금해 찾아보니 김영하 <책 읽는 시간> 자체가 사라졌다. 책을 읽어주는 방송이라 아마도 저작권의 문제가 있었을 것 같다. 너무 섭섭하고 아쉬웠다. 누가 이 방송 저장해 놓으신 분 안 계신가 여쭙고 싶다.*)

이 외에 요조 님과 장강명 작가님이 진행했던 <책 이게 뭐라고>와 이동진의 <빨간책방>을 들었다. 빨간책방은 전에도 몇 편은 들었는데 왠지 이동진의 깔끔한 진행이 오히려 불편했다. 너무 완벽해 보였나? 그런데 그의 방송을 차근차근 들으면서 그가 좋아졌다. 합정에 있던 빨간 책방 카페도 꼭 가 보리라 생각했는데 아쉽게도 가질 못했다.

마지막으로 지금까지도 잘 듣고 있는 최애 방송이 있는데 바로 <매불쇼>다. 지대넓얕의 저질 버전이라고 하면 매불 팬들이 화낼까? 뉴스, 철학, 미술, 음악, 사랑, 스포츠 등등 안 다루는 영역이 없다. 진행자 최욱과 정영진은 순발력과 재치로 매일 날아다닌다. 내 기준으로 이 시대 최고의 진행자다. 지금은 유튜브로도 방송되고 있는 매불쇼! 아무튼 애정한다. 팟캐스트도 어느새 유물이 되었다. 이렇게 빨리 그리도 쉽게 올드 미디어가 될 줄 몰랐다. 하지만 언제까지나 팟캐스트가 있었음을 잊지 못할 거

---

*) 다행히 구글 팟캐스트에 올려져 있다.

다. 기쁜 시간들이었다.

책읽기와 여행은 닮았다.

처음 해외여행을 간 곳은 일본이었다. 2007년이었는데 거리에 휴지 한 장 없는 게 너무나 인상 깊었고 질투가 날 지경이었다. 산골 휴게소에서 커피 파시는 할아버지의 나비넥타이가 아직도 기억난다. 브랜드커피라며 자부심 가득한 얼굴로 커피를 내려주셨다. 그때 돈으로 무려 4000원 이상 하는 커피였는데 비싸단 생각은 속으로만 했다. 비싸다며 놀라는 게 한국의 위상을 떨어뜨리는 건 아닐까 하는 어이없는 생각에서다. 그렇게 여행 경험이 쌓였고 남의 나라가 마냥 부럽단 생각은 이제 하지 않게 됐다. 프랑크푸르트 공항에 내리면서 느낀 실망감. 인천공항이 기준이 된 시선에서 독일 프랑크푸르트 공항은 너무 촌스럽고 보잘것없어 보일 뿐이었다. 차범근 선수가 현역시절 있었던 프랑크푸르트였는데 말이다.

코로나로 여행을 가지 못하다가 2년 9개월 만에 다낭여행을 다녀왔다. 다낭 여행에서 베트남 사람들이 우리나라를 좋아한다는 인상을 받았다. 가는 곳마다 안녕하세요를 외치며 친근하게 맞이해 줬다. 어떤 베트남 분은 내 앞에서 한국어 연습이라도 하는

양 우리말을 마구 쏟아냈다. 안녕하세요. 안녕가세요. 벳남 찾아 줘 고맙습니다.(감사합니다와 헷갈리신 듯) 대한민국 짝짝짝 짝 짝!! 박항서 최고라고 엄지 척 해 주셨다. 나야말로 고마웠다. 어 렸을 때 나는 왜 미국에서 안 태어나고 이렇게 가난한 한국에서 태어났을까 한탄하기도 했었는데 말이다.

언제나 여행 가기 전에는 그 나라 말을 몇 가지 적어갔다. 요번 에도 신짜오 신깜언 이런 말들 적어가서 사용하려고 했는데 자 꾸 우리말로 걸어주셔서 말할 틈이 없었다. 이제 외국에 나가면 우리말로 인사해야겠다고 생각한 건 이번 여행이 처음이었다. 2007년 깨끗한 일본 거리를 부러워했는데 어느새 우리나라도 거 리거리 깨끗해졌고 공기도 맑아졌다. 그래선지 베트남에서는 비 교적 깨끗하다는 다낭 거리조차 지저분하게 느껴졌다. 미케비치 에서도 그렇고 식당으로 가는 길목마다 쓰레기가 눈에 거슬렸다. 다낭 시내를 흐르는 한강(강 이름이 한강이라니!) 다리 위로 밤 이 되면 울려 퍼지는 이승철 노래는 좋으면서도 뭔가 불편했다. 자동차 경적 소리 가득한 곳에서 이승철 노래가 밤마다 애절하 게 흐르고 또 흘렀다.

여행도 몇 번 거듭하다 보니 보는 게 달라지는 것 같다. 책이 그런 것처럼 말이다. 언제 어디서 어떤 상황에서 읽느냐에 따라 너무도 다르게 다가온다. 나에게 <그리스인 조르바>가 그랬다. 처음 조르바를 읽었을 때는 뭐 이런 인간이 다 있나 싶어서 그 의 유머를 곡해하고 기분 나쁘기까지 했다. 그런데 터키 여행을 앞두고 다시 읽은 <그리스인 조르바>는 새롭게 다가왔다. 문장 도 빛났고 사람들이 조르바를 좋아하는 이유를 알 수 있었다. 전 에는 기분 나빴던 문장조차 키득키득 웃으며 읽기 바빴다. 이런 경험이 누구나 몇 권 있을 것이다. 나에게는 <호밀밭의 파수꾼>

이 그랬고 알랭드보통의 <프루스트가 우리의 삶을 바꾸는 방법들>이 그랬다. 이후 보통 씨 책이 너무 좋아서 야금야금 그의 다른 책들을 읽었다. <여행의 기술>, <왜 나는 너를 사랑하는가?> 이런 책들은 애정 목록에 넣을 수밖에 없을 지경이다.

돌아보면 책을 읽고 여행을 다니며 조금은 더 여유로운 사람이 되었다. 성급하게 판단하지 않게 되었고 어떤 상황에서도 한발 뒤로 물러나 여유를 가지게 되었다. 이해 안 될 상황도 점점 줄어들었고 눈물은 더 많아져 가슴 아파, 계속 어떻게 도울까 생각하는 사람이 되었다. 책과 여행 있어 다행이다. 그렇지 않았으면 지금도 한심하게 살고 있었을 것이다.

별 거 아니지만 도움이 되는
독서 동행자들

▶15센티 눈금이 그려져 있는 삼각형 모양의 자(쇠로 만들어져 있어 책상에서 떨어지면 쩽그랑 요란하다. 딸이 준 것.) 납작한 자는 잡기 어려운데 삼각형이라 손에 잘 잡히고 예쁘기도 해서 앞으로도 오래오래 책 읽는 내 옆에 있을 예정이다.

▶제트스트림 볼펜과 15년도 더 된 샤프. 제트스트림 볼펜은 일본 제품이라 아쉽지만 가격도 착하고 글씨도 미끄러지듯 부드럽게 써져서 늘 애용하고 있다. 가방마다 한 자루씩 여기저기 넣어 놓고 언제나 이 볼펜을 손에 쥐고 있다. 잃어버릴라 걱정돼 볼펜마다 황선희 이름표를 단단히 붙여 놨다. 그렇게도 내 볼펜은 간수를 잘하면서 간혹 정체불명의 볼펜을 들고 오기도 해서 난감하다. 엄청 비싼 볼펜도 아니건만 내 손에 잡히는 순간 그냥 들고 온다. 도벽이 있나 의심스러울 지경이다. 그리고 15년도 더 된 샤프. 중학생이던 아들이 사 준거다. 일명 행운의 샤프. 왜냐하면 이 샤프로 시험을 보고 전교 일등 성적표를 받아왔기 때문이다. 그 외에도 몇 가지 크고 작은 기쁨을 이 샤프와 누렸다.

아직도 멀쩡해서 잃어버리지만 않는다면 앞으로도 무궁무진 사용할 것 같다.

▶책갈피. 책갈피를 선물로 많이 받았다. 오선경 쌤이 내 이름까지 새겨서 만들어주신 나무 책갈피, 서윤이가 프랑스 출장 갔다가 사다 준 프랑스 풍 책갈피 등등 예쁘고 감성 넘치는 책갈피가 많다. 그런데 이상하게 책갈피는 찾으면 없다. 특히 바깥에서 잠깐 책을 펼치는 순간이 그렇다. 그곳이 카페라면 냅킨을 추천한다. 냅킨은 쓸모도 많아서 그 순간 번쩍 떠오른 생각을 볼펜으로 메모도 할 수 있다. 집에 와서 망설임 없이 버릴 수 있다는 것도 장점이다. 그런가 하면 가방에서 찾은 주유소 영수증이 책갈피가 된 적도 있다. 이 외에도 연필, 나뭇잎, 포스트잇, 자, 과자 봉지 등등 모두 책갈피가 될 수 있다. 책갈피라는 이름도 예쁘고 포용력도 최고다. 어떤 분은 빌려온 책 속에 책갈피를 꽂아놓고 그대로 반납한다는데 책 관리를 하는 도서관 입장을 듣고 싶다. 나는 그런 책갈피를 만나면 기쁠 거 같다. 실제 빌려온 책 속에 책대출영수증이나 꽃잎이 들어 있기도 했다. 책대출영수증으로 책갈피를 했겠지, 이 꽃잎은 무슨 꽃이야, 혼자 자세히 살피는 순간이 괜히 즐겁다. 누군지 모르는 그를 떠올리며 책을 펼치는 기분도 나쁘지 않다.

▶다이어리. 도서관에서 대출을 해서 책을 읽는 터라 메모할 노트가 필요했다. 교보 핫트랙에서 심혈을 기울여 구입을 하기도 하지만 지금은 아니다. 남편도 어디서 얻었다며 가져다주고 아버지도 큰오빠도 만날 때마다 줘서 아직도 여러 권 여유가 있다. 특히 큰오빠가 젤 열심히 챙겨다 준다. 오빠가 준 다이어리 앞에는 새마을금고, 청주고 총동문회 등 다양한 로그가 새겨져 있다. 내 생각하며 모았을 오빠의 따뜻한 마음을 펼칠 때마다 느낄 수

있다.

 연필을 탐닉했던 박지현 작가님의 <그래, 나는 연필이다>라는
책에 아프리카의 어느 가족이 딱 하나뿐인 연필 한 자루를 여섯
명의 아이들이 돌려가며 사용하는 이야기가 나온다. 그 연필 한
자루는 가족의 꿈을 이룰 수 있는 유일한 도구였을 것이다. 우리
에게 책이 그렇듯이 말이다. 이렇게 쓰고 보니 나의 사소한 책
읽기 속에 작은 별들이 많이도 들어있었다. 나 혼자만의 책 읽기
가 아니었다.

써니책여울 팝업 책방

앞으로 꼭 하고 싶은 이벤트 중에 하나가 팝업 책방이다. 책방에 대한 로망은 많지만 감당할 자신이 없다. 그러니 일 년 중 몇 번 마당에서 팝업 책방을 여는 걸로 대신해본다. 이걸 굳이 적는 이유는 신기하게도 써 놓으면 실현이 되기 때문이다. 이런 경험을 여러분들도 하셨는지 궁금하다. 사소한 소망을 적어 놓는 습관이 있는데 이후에 읽어보면 대부분의 소망이 이뤄져 있어 놀란다. 요번에도 채성녀 선생님이랑 책 표지 때문에 이야기를 하다 2018년 카카오 스토리에서 둘이 나눈 대화를 찾았다. 대화에는 내가 글 쓰고 성녀쌤이 그림을 그리면 좋겠다고 쓰여 있었다. 2018년 3월 7일의 기록인데 그로부터 5년 후 이 책을 씀으로써 현실이 된 거다. 그리고 또 어느 날의 메모에는 자동차 레이가 예뻐 보인다고 써 놨는데 지금 나는 레이를 타고 다닌다. 내가 그런 메모를 적어 놓은 것도 잊고 있었는데 그 일들이 실현된 걸 보니 재미있었다. 적어놓지 않았어도 이뤄질 수 있는 일이지만 쓰면 이루어진다는 말을 사랑하게 됐다, 그래서 오늘은 써니책여울 팝업 책방의 밑그림을 적어 보겠다.

팝업 책방이 펼쳐질 날은 연휴가 낀 4,5월 날씨 화창한 토요일로 상상한다. 우리 집 마당이 싱그러워질 때 대문을 활짝 열을 거다. 들어오는 입구부터 굿즈도 팔고 꽃도 판매하고 무료 나눔 코너도 만들 거다. 작은 화분도 여러 개 만들어 무료로 나눠드려야지. 잔잔한 음악이 마당 전체에 흐르고 칠판에 써니책여울 팝업 책방이라고 써 놓을 거다. 단풍나무 아래 테이블을 놓고 커피 마실 수 있는 공간도 만들어놓고 소파도 내놓을 거다. 오전 11시에 열어서 오후 2시에 문을 닫는 팝업 책방. 거기에 내 책(그때쯤 2~3권은 되었음 한다.)도 팔 거다. 남편의 기타 연주도 들으면 좋겠다. 내가 사랑하는 책 코너도 만들고 지인들도 참여하고 싶다면 기꺼이 부스를 만들어야지. 지영쌤 그림도 내놓고 튜나님 핸드메이드 빵도 주문할 거다. 점심때는 민들레 님 잔치국수도 팔아볼까 싶다. 그분들께 여쭙지도 않고 쓰고 있다. 왜냐면 상상이니까!

상상만 해도 풍요로운 마음이 가득해진다. 도서관 축제도 좋지만 편안한 사람들과 나누는 우리들만의 팝업 책방은 더욱 따뜻할 것 같다.

오이 마사지

우리 아이들이 경제적 독립을 하고 나에게 선물 같은 시간들이 쏟아지고 있다. 도서관 수업 제안을 거절하지 않고 바쁘게 할 때도 있었지만 지금은 소명감을 얻을 수 있고 새로운 기획이 빛나 도전하고픈 수업만 하고 있다. 그러다 보니 여유로운 시간이 자연스레 생겼다. 나만을 위해 온전히 쓸 수 있는 시간들! 그 속에 하나둘 나를 가꾸는 일정들이 추가되고 있다. 그중 하나가 오이 마사지다. 지난 봄 텃밭에 오이 모종 3그루를 심었는데 이젠 제법 커서 수분이 가득 찬 싱그러운 오이를 매일 선물 받고 있다.

잘 생긴 오이 하나를 먹기 좋은 크기로 잘라 쌈장에 찍어 먹는다. 전문 농부님이 키운 오이랑 비교하면 몹시 못생겼다! 하지만 아삭거리는 식감, 무엇보다 농약이나 비료 한 번 주지 않았다는! 자부심이 키운 우리 집 오이 맛은 최고다. 오이 모종에 진딧물이라도 생기면 양동이에 물을 떠다가 이파리 하나하나 목욕시킨다. 진딧물은 돌아가시고 오이는 다시금 건강해진다. 그렇게 애지중지 잘 키운 오이는 샐러드로도 탄생시킨다. 요거트 드레싱이나 키위드레싱 뿌려서 먹으면 하나 더 썰어올까 싶은 충동이 마음

속에 가득해진다.

 그러고도 남은 오이는(참으로 신통방통 오이가 잘도 달린다.) 소금 설탕 식초를 넣어 오이지를 만든다. 하루 정도 실온에 놓아 두면 물이 자작자작 쪼글쪼글한 오이지로 변신해 있다. 이렇게 계속 오이지를 만들어 김치냉장고에 모아서 두고두고 먹는다. 일 년이 지나도 오독오독 씹히는 맛있는 오이지를 먹을 수 있다. 그 야말로 여름은 오이지에 그대로 남아서 지난 여름을 추억하게 해 준다. 내가 만든 무농약 오이지를 나눠주는 기쁨도 크다.

 그리고 올해 6월 말부터 오이 마사지를 시작했다. 조롱박 모양 이나 크다 말은 오이들이 하루에 하나씩 발견된다. 전에는 무심 히 버렸는데 요거 아깝네 싶은 맘에 감자 칼로 얇게 빚어 잠자 기 전 오이 마사지를 한다. 20분짜리 유튜브 틀어놓고 얼굴 가 득 얇게 썬 오이를 얹어 놓는다. 시원한 오이가 얼굴에 닿을 때 마다 상쾌하다. 오늘도 힘들었지 하며 내게 말을 거는 기분이다. 모든 게 느슨해지고 편해지는 시간, 어느새 유튜브 소리는 사라 지고 내 마음과 대화를 하고 있다. 요즘 참 행복하다고. 지금처 럼만 살았으면 좋겠다고.

 그렇게 시작된 오이 마사지가 오늘로 41일째다. 반짝반짝 빛나 는 피부를 얻었느냐 물으신다면 아쉽게도 NO. 여전히 피부 빛깔 은 칙칙하다. 이십 대 때는 세수만 해도 피부가 뽀얗고 맑았는 데. 하지만 피부 관리를 전혀 하지 않은 채로 살아온 시간이 얼 마인가! 40일 관리로 이십 대 피부를 기대하는 건 무리다. 하지 만 나 스스로는 느낄 수 있다. 피부가 건조해서 얼굴 땅김이 심 했는데 그 증상이 사라졌다. 영양크림을 한 바닥 발라도 끈적거 리고 무거운 느낌만 들뿐 기본적인 피부 관리가 안 됐었다. 그런데 지금은 다르다. 콩알보다 더 조금의 로션만 발라도 얼굴 땅김을 모르겠다. 오이 마사지 하고 가볍게 세수한 후 스킨과 로션 살짝 바르고 두드려준 후 잠이 드는데 아침에 손으로 얼굴을 만져보면 촉촉하다. 아, 효과가 있구나 생각하던 차에 어느 날 동생을 만났다.(참고로 내 동생은 누나를 놀리는 재미로 살고 있다.) 그런데 동생이 누나 피부가 왤케 좋냐 그러는 거 아닌가!

작고 사소한 무언가라도 그것을 얻기 위해서는 정성이 필요하다. 그 사실을 잘 알고 있는지라 나는 대부분 진지한 자세로 시작한다. 그래도 번번이 실패하지만 다시 시작하기를 주저하지 않는다. 나에게 끈기를 길러준 건 단연 책 읽기다. 우리말로 되어 있는 책 읽기라면 할 만하지 않은가! 재미있는 이야기도 있고 지혜로워지는 법도 알려주는 책 읽기를 어찌 멈출 수 있을까. 그래서 꾸준히 언제나 즐겁게 긍지를 가지고 책을 읽었다. 두꺼운 책을 완독 했을 때 스스로 대견했다. 어디서도 느끼지 못한 기쁨이 있었다. 시간적 여유가 없었지만 그 틈에 <모스크바의 신사>, <곰브리치 서양미술사> 등등의 책들을 들고 다니며 읽었다. 책을 펼치는 순간 들어오는 문장들이 너무도 아름답고 멋져서 마치 성냥팔이 소녀가 성냥개비 하나를 켤 때 느꼈을 환희를 책을 펼치면서 체험했다. 두꺼운 책을 완독했을 때 기쁨은 훨씬 크고 감동도 오래갔다. 일종의 질량 보존의 법칙. 더불어 완독의 경험이 끈기의 원천이 돼 주었다. 이제 어떤 시작이든 자신 있다. 시작하면 지치지 않고 즐겁게 해낼 수 있는 내공이 생겼다. 꾸준한 책읽기를 통해 얻은 기술이다.

다시금 나를 돌아본다.

나란 사람은 여럿이 어울리기를 좋아하지만 혼자만의 시간을 무척 소중히 여기기도 하는 부류다. 둘 중 하나를 고르라면 혼자만의 시간을 택할 거다. 혼자만의 시간은 나를 더욱 새롭게 만들어주기 때문이다. 어렸을 때부터 혼자 있기를 좋아했다. 5월이면 꽃가루 펄펄 날리는 플라타너스 나무 밑에서 혼자 앉아 있곤 했다. 봄날의 눈꽃이라며 좋아 했던 기억. 알레르기가 뭔지도 몰랐던 시절이다. 그렇게 혼자만의 시간을 쌓으면서 어른이 되었다. 난 여럿이 한 팀을 이뤄 공동 작업을 하는 게 왠지 힘들었고 개인플레이가 좋았다. 어쩌면 이런 성향 때문에 도서관 프리랜서를 선택했는지 모르겠다.

쨍쨍 햇볕도 사라지고 별이 하나둘 떠오르는 시간, 저녁 하늘 아래 고요히 머문다. 봄날 내내 우렁차게 울어대던 개구리 소리는 사라졌다. 그 자리를 채운 풀벌레 소리가 마음을 차분하게 한다. 하루 중 여름과 가을이 공존하는 마법 같은 저녁 시간. 대문 위를 환하게 비추는 능소에게 다가간다. 어두운 곳에서도 빛이 나는 능소는 과연 여름의 하이라이트라 할만하다. 꽃도 소복소복

복스럽고 주황빛 색깔은 유독 진하다. 시골 동네의 저녁은 고즈넉 그 자체. 동네 어르신들은 서둘러 밤의 세계로 들어가신다. 우리 동네의 밤은 나의 독무대로 지금부터 다 내 거다. 달빛 아래 우리 집 주위로 심어놓은 접시꽃이 저녁 바람에 손을 흔들고 있다. 작년에 옆집에서 얻어놓은 씨앗을 봄에 뿌린 거다. 이제 접시꽃은 매년 알아서 피고 지겠지. 해를 더할수록 더욱 튼튼하게 번성할 거다. 어디서든 뿌리를 내리고 꽃을 피우며 영역을 넓혀간다. 초라한 구석에 피어났어도 소박한 아름다움이 있다. 까칠하지 않고 알아서 피고 지는 이런 식물들이 나는 참 좋다. 내가 그런 식물 같아 맘이 끌린다. 나와 비슷한 성품을 가진 꽃들이다.

　나는 도서관 프리랜서로 저 꽃들처럼 지치지 않고 잘 살아왔다. 어떻게 이 일을 20년 이상 할 수 있었을까? 나를 언제나 묵묵히 받아준 도서관. 그곳에서 빌려온 책으로 용기도 얻고 지식도 넓힐 수 있었다. 기회를 얻어 도서관에서 독서수업을 하게 되었고 어쩌다 보니 어린이 수업부터 성인 수업까지 전 연령대를 만났다. 어떤 수업은 충분히 만족스러웠고 또 어떤 수업은 성에 차지 않아 괴롭기도 했다. 좌절하면서도 이 일을 놓지 않았다. 잘하고 싶었고 그래서 늘 책을 찾아 읽고 또 읽었다. 그래도 완벽한 수업은 얻기 힘들었지만 좌절하지 않았다. 부족함을 인정하고 내가 할 수 있는 최선의 노력을 했을 뿐이다. "삶의 아름다움을 곱씹어라. 별을 관찰하라. 별과 함께 움직이는 스스로를 보라." 했던 마르쿠스 아우렐리우스 말을 가슴에 담고 하루하루 도서관 수업을 다녔다.

　20년이라는 시간은 결코 짧지 않다. 도서관 수업을 처음 시작했을 때 어린이였던 우리 아이들은 어느새 성인이 되었다. 우리 아이들이 나이를 먹을 때마다 나도 나이가 들었다. 새로운 수업을 기꺼이 시도했고 모두 어려워서 못하겠다는 수업을 찾아서 선택했다. 그 속에서 많은 분들의 도움을 받았다. 그동안 도서관에서 만났던 얼굴들을 떠올리며 감사 인사 올린다. 앞으로도 희망을 찾아 도서관에 오시는 분들을 환대하며 함께 책의 여울을 만들어가고 싶다.

겨울 일기

12.17

교보문고 북클럽에서 <허삼관 매혈기> 읽고 토론하기로 해서 다시 읽고 있다. 형편없던 인간 허삼관이 진짜 아버지가 되는 성장의 이야기다. 각 챕터마다 에피소드가 강렬하다. 아버지의 길이 이런 것일까? 전에 읽을 때는 생각하지 못했는데 이번에 읽으니 고레에다 히로카즈 감독의 <그렇게 아버지가 된다.>가 떠올랐다.

12.26

인스타그램 보다가 내 맘과 통하는 글이 있어 적어봤다.
-목적지를 정할 것
-미련 없이 길을 나설 것
-일을 복잡하게 만들지 말 것
-너무 늦었다고 생각하지 말 것

오늘 나에게 이정표를 주는 글이었다. 누구의 글인가 다시 찾아보니 못 찾겠다. 코엘료의 연금술사가 떠오른 글이다.

12.28

올해 나랑 함께 보낸 이 캘린더 노트를 애정한다. 사랑하는 가족도 있고 주변에 좋은 분들 많지만 나 혼자 풀어야 할 이야기들, 과업이 있게 마련이다. 그럴 때마다 이 캘린더 노트 펼쳐 놓고 마음 정리를 했다. 나만의 퀘렌시아가 되어준 노트다. 이렇게 저렇게 매듭을 풀다 보니 한 해가 다 지났다. 한 해를 마무리하며 일기를 넘겨보니 그 날들이 선명하다.
"약속을 잘 지켜준 나에게 감사 인사 전한다."

1.4

아산도서관 특강 수업 준비를 했다. 책자 2권씩, 이야기 노트 25권도 가방 모양으로 접고 자르고 붙이며 하루를 보냈다. 다 만들고 나니 눈도 아프고 피곤해서 팡이랑 한숨 잤다.

1.11

힘들어하는 지인의 고민을 듣고 왔다. 이 일을 어째야 하나 고민해도 답이 떠오르지 않을 땐 마치 한 장의 나뭇잎이 된 것 같이 무기력해진다. 거친 물살에 내 맡기고 휘돌아 떠내려가는 기분이다. 어떤 해결을 해야 하는 시점 앞에선 이런 바보도 없다. 나는 가끔 바보가 된다.

1.14

깊이에의 강요! 쥐스킨트가 멋진 작가인 건 알았지만 이 작품 역시 최고다. 문장마다 넘치는 최고의 절제. 군더더기 없이 기묘한 이야기들을 펼치고 있다. 이야기를 풀어내는 포인트마다 자극을 주며 달아난다.

-4편의 이야기 순서는 편집자의 의도일까 쥐스킨트의 의도일까?
-<승부>는 체스 이야긴데 룰을 몰라도 상관없다. 고수가 하수에게 결국 당했다.
-문학의 건망증은 나를 보고 쓴 거 같아 웃었다.

2.2

설 연휴는 중국 상해에서 보내기로 했다. 스튜어디스 언니들이 사탕 같은 미소를 머금고 기내식과 음료를 나눠주셨다. 배가 고프지 않았지만 기내식사에 품기 마련인 기대감에 기분 좋았다. 별 것도 없지만 하늘을 날며 먹는 기내식은 특별한 기분이 든다. 서해 바다를 날아가는 대한항공 KE815 비행기에 앉아 있다.

2.16

교보 북클럽 마지막 모임 날이다. 서울 가는 길, 여러 준비물들 잘 챙겨 다녔는데 아뿔싸! 이어폰이랑 교통카드를 놓고 갔다. 특히 이어폰 안 챙긴 건 치명적이다. 오늘은 최은영 작가님과 만남이 예정돼 있어 기대만만이었는데 뜻밖에 박상영 작가님까지 등장하셔 너무 놀랐다. 모두 환호하며 난리 났었다.

남편이 천안 역까지 데려다주고 저녁 때 마중 와 줘서 고마웠다. 하루 종일 돌아다니다 천안 역에서 남편을 만나니 반갑기까지 했다.

2.19

오늘 밤 보름달이 아주아주 크고 밝았다. 형석이랑 마당에서 달 구경했다.

2.20

신영복 선생님 담론을 읽고 있다. 딸이 복지카드로 사 준 책이라 밑줄도 치고 메모도 하면서 아껴 읽고 있다. 지금은 선생님이 이 세상에 안 계시지만 책 속에 음성까지 남아 있는 듯, 한 줄 한

줄이 감동이다.

2.21

문화원에 책 반납하고 다시 여덟 권 대여해 왔다. 서가를 왔다 갔다 하면서 책 찾는 시간이 정말 행복했다. 집에 오자마자 장강명 작가님 <5년 만의 신혼여행> 펼쳐 읽었다. 지금 막 마지막 페이지를 덮었다. 만화책 보는 듯 너무 재미있었다. 이 책을 읽으니 전에 읽은 <한국이 싫어서>랑 퍼즐이 맞춰졌다. 두 권은 한 세트다. 그러니까 책 속 계나가 작가님 아내고, 지명이 장강명 작가였던 거다. 그리고 신혼여행으로 떠난 보라카이 3박 5일로 책 한 권을 내다니! 정말 놀라울 지경인데 너무 재미있어 얄밉지도 않다.

2.26(월)

"그렇다면 어떻게 살 것인가. 지금처럼 살아가면 될 일이다. 가진 것으로 할 수 있는 일을 하며 만들 수 있는 것을 만들자."
-김보통 작가님의 <아직, 불행하지 않습니다.> p.186에서

어느 날 노트 한 꼭지에 내가 써 놓은 고백 같았다.

내 이야기를 만났다.
오카다 준 동화 작가님의 <밤의 초등학교에서>

   <밤의 초등학교>의 주인공인 나는 어린벚잎 초등학교에서 야간 경비 일을 잠시 하게 됐는데 밤이 되면 이상한 일들이 자꾸 일어납니다. 반복되는 판타지가 식상할 때쯤 라쿤이라는 동물이 등장을 해요. 라쿤은 머리를 감겨주겠다고 하고, 경비원인 나는 어리둥절하면서도 머리를 맡깁니다. 라쿤의 부드러운 손놀림에 그만 마음이 풀어져 뜻하지 않은 이야기를 하는데 이때부터 독자인 저는 자세를 가다듬고 책에 몰입했습니다. 왜냐면 제 이야기를 만났기 때문입니다. 책 속 주인공과 독자인 저는 같은 욕망이 있었거든요. 그건 바로 내 책을 쓰고 싶은 것! 그러니까 밤의 초등학교에서 일어난 모든 일들이 결국 주인공인 내가 쓸 책 내용이었던 겁니다. 모든 일들이 책 한 권을 만들기 위해 일어난 일이었지요. 책을 덮으면서 마음이 쿵! 하고 울렸습니다. 저에게 책을 쓰라고 이 책을 펼치게 했구나! <밤의 초등학교에서>를 읽게 만든 보이지 않는 손이 있었구나! 그동안 책 하나 쓰지도 못하면서 독서 수업을 하고 있는 저에게 실망하고 있었거든요. 어떻게든 책을 완성해 보고 싶었는데 그러질 못했습니다. 결과를 내지 못한 걸 자책하면서 괴롭고 무기력해졌었는데 <밤의 초등

학교에서>가 제 손에 있는 게 신기하고 책 속 주인공처럼 책을 쓸 수 있을지도 모르겠다는 희망을 갖게 됐습니다. 지금은 압니다. 엉망진창인 글이라도 일단은 써야 한다고! 아무튼 저는 쓸 수 있다고 속삭였고 결국 글을 마무리할 수 있었습니다. 몇 년 동안 써 놓은 글과 새로 쓴 글을 가져와 수정하며 읽고 또 읽었습니다. 수업이 있으면 잠시 중단하고 수업이 끝나면 조용히 앉아 책 작업을 했어요. 모든 과정들이 힘들었지만 소중했습니다.

글을 마치며 결국 책을 낼 수 있게 해 준 고마운 얼굴들이 무수히 떠오르지만 특히,

▶책에 어울리는 표지 디자인을 해 주신 채성녀 선생님! 상담 심리사로 바쁘신 중에 몇 날 며칠 여러 버전의 책 표지를 구상해 준 것은 물론이고 늘 제 옆에서 응원의 눈길 보내주셔 큰 힘을 얻었습니다. 덕분에 힘내서 다시 쓸 수 있었습니다. 감사드려요.
▶그리고 우리 남편. 책을 쓸 수 있도록 배려해 주고 제 능력을 믿어준 남편이 있어 든든했습니다. 사랑해 주고 응원해 줘서 큰 힘을 얻었어요. 너무 고마운 당신, 감사합니다!

채성녀 선생님의 도움(정말 결정적이었어요!)과 책 속의 사진 해상도가 낮아 조카 서하의 도움을 받은 것 외에는 저 혼자 책 작업을 했습니다. 지금 출판계에 핫이슈로 떠오르는 POD출판*) 을 직접 경험해 보고 싶었거든요. 부크크, 퍼플 같은 자가 출판 플랫폼에서 원고 서식을 다운로드하여 사용하면 크게 어렵지 않습니다. 금속활자의 발명으로 지식이 민초들에 공유되었듯이 이러한 플랫폼 덕분에 책 출간이 일반화될 거라 예상됩니다. 책을 읽는 사람은 줄고 있지만 책을 출간하는 사람은 늘고 있음이 증

---

*) POD는 Print On Demand의 약자로 주문형 도서 출판을 뜻함.

거입니다. 저의 이 경험을 바탕으로 더 많은 분들이 POD출판으로 출간하시기를 바라며 아산도서관에 <인문 고전 읽고 책 출간하기>라는 프로그램을 계획하고 있습니다. 올해도 저는 새로운 도전을 하며 책여울의 길을 씩씩하게 걸어가겠습니다. 자가 출판 플랫폼에서 책을 완성하는 일은 저에게 변곡점을 줄 것 같습니다. 여기서 책의 이야기는 끝이 나지만 저는 앞으로도 도서관에 갈 거고 수업을 하고 있을 겁니다.

저는 이제 도서관에 수업 하러 갑니다. 도서관에서 만나요!

"내가 할 수 있는 일을 찾기 위해 책을 읽고 마음의 사잇길을 꾸준히 걸었습니다. 그 속에는 늘 책과 도서관을 사랑하는 분들이 계셨습니다. 부족한 저를 늘 응원해 주셨던 얼굴들을 잊지 않겠습니다. 앞으로도 즐겁게 살아보겠습니다. 마지막으로 저를 낳아주시고 온갖 사랑으로 키워주신 우리 부모님 두 손에 이 책을 바칩니다."

2023년 2월 여숫물에서
황선희 책여울

본문에서 언급한 책 목록

-어린이를 위한 책

강선재 어린이 시집/시 주머니 어따 놨어/고래책빵
김성진 /엄마 사용법/ 창비
김용택 /논다는 건 뭘까? /미세기
레오 리오니 /프레드릭 /시공주니어
미도리카와 세이지 /맑은 날엔 도서관에 가자 /책과콩나무
마저리 키난 롤링즈/ 비밀의 강/사계절
박지원 원작 /세상에서 가장 멋진 내 친구 똥퍼 /사계절
배유안 /초정리 편지 /창비
백희나 /나는 개다 /책 읽는 곰
빌헬름하우프 /난쟁이 코 /마루벌
사노요코 /두고 보자! 커다란 나무 /시공주니어
아네테 멜레세 /키오스크 /미래아이
아스트리드 린드그렌 /내 이름은 삐삐 롱 스타킹 /시공주니어
안녕달 /쓰레기통 요정 /책 읽는 곰
오카다 준 /밤의 초등학교에서 /국민서관
유강희 /지렁이 일기예보 /비룡소
유다정 /투발루에게 수영을 가르칠 걸 그랬어! /미래아이
유은실 /우리 동네 미자 씨 /낮은산
이주희 /고민식당 /한림출판사
장자크 상페 /얼굴 빨개지는 아이/
            자전거를 못 타는 아이 /열린책들

크리스 반 알스버그 /폭포의 여왕 /사계절
클로드부종 /아름다운 책 /비룡소
토미 웅거러 /곰 인형 오토 /비룡소
C.S. 루이스 /나니아 연대기 /시공주니어

-어른들을 위한 책

공지영 /딸에게 주는 레시피 /한겨레출판
김금희 /경애의 마음 /창비
김보통 /아직, 불행하지 않습니다 /문학동네
김연수 /소설가의 일/지지 않는다는 말 /문학동네
김영하 /읽다 /문학동네
라일라 /나는 귀머거리다 /텀블러북스
리처드 도킨스 /이기적 유전자 /을유문화사
무라카미 하루키 /달리기를 말할 때 내가 하고 싶은 이야기
          /문학사상
문유석 /개인주의자 선언 /문학동네
박경리 /토지 20권 /마로니에북스
박지현 /그래 나는 연필이다 /CABOOKS
안소영 /책만 보는 바보 /보림
오르한 파묵 /내 이름은 빨강 /민음사
올더스 헉슬리 /멋진 신세계 /소담출판
요스타인 가아더 /소피의 세계 /현암사

위화 /사람의 목소리는 빛보다 멀리 간다./ 문학동네
　　　　허삼관 매혈기 /푸른숲
윤태규 /일기 쓰기 어떻게 시작할까 /보리
의외의 사실 /퇴근길엔 카프카를 /민음사
이순신 /난중일기 /서해문집
조정래 /아리랑 12권 /해냄
채사장 /열한 계단 /웨일북
천병희 번역 플라톤 저 /소크라테스 변론 외(外) 대화 편/ 숲
최승필 /공부머리 독서법 /책구루
파트리크 쥐스킨트 /깊이에의 강요 /열린책들
폴 오스터/ 빵 굽는 타자기 /열린책들
헨리 데이비드 소로우 /시민 불복종 /은행나무
호프자런 /랩걸 /알마
황석영 /개밥바라기별 /문학동네
황정은 /디디의 우산 /창비